내 맘대로

다섯 그릇

조영선 이명희 로지 권은숙 에레

내 맘대로 다섯 그릇

초판 1쇄 발행 2023년 7월 16일

지은이_ 조영선, 이명희, 로지, 권은숙, 에레
펴낸이_ 김동명
펴낸곳_ 도서출판 창조와 지식
디자인_ 꿈이글
인쇄처_ (주)북모아

출판등록번호_제2018-000027호
주소_ 서울특별시 강북구 덕릉로 144
전화_ 1644-1814
팩스_ 02-2275-8577

ISBN 979-11-6003-618-3

정가 16000원

지식의 가치를 창조하는 도서출판 **창조와 지식**
www.mybookmake.com

내 맘대로 다섯 그릇

그렇게 그냥 엄마가 됩니다　　　　　　　　로지

아무것도 하지 않으면 아무 일도 일어나지 않는다

권은숙

어서와, 이탈리아는 처음이지?
−이탈리아에서 신생아가 되다

에레

단지 지금 보다 더 나아지고 싶다는 마음 다섯 그릇

글쓰기라는 단순한 일을 통해 행복이 멀리 있지 않고, 작고 소박한 것에 있다는 것을 느끼곤 한다. 어쩌면, 조금 더 원대한 작품을 원했는지도 모른다. 다섯 명의 작가들은 두 달 동안 누구보다 자기성찰에 힘썼고, 자신도 몰랐던 내면의 불씨를 꺼내느라 애를 먹었다. 삶의 작은 단상을 부지런히 캐내고 수확했다. 각자의 입맛대로 불을 지핀 먹을거리를 그릇에 알뜰히 담아내었다.

이 책에서 각자 다른 삶의 위치에서 어느 하나로 정의하기 힘든 다양한 주제를 다루었다. 밥상에서 여러 가지 반찬들이 만나 조화를 이루듯 다섯 가지 맛을 골고루 즐겨보기를 바란다. 이 책이 당신에게 소박한 밥상이 되어 잠시나마 행복을 선사한다면 더 이상 바랄 것이 없을 것이다.

조 영 선

반갑다 퇴직

작가소개 조영선

32년 동안 엔지니어로 직장생활을 마치고 인생 2막을 준비하고 있습니다. 앞으로 30년을 위해 지나온 30년을 돌아보는 얘기를 나누고 싶습니다. 어떻게 살아갈지 고민하고, 올해 퇴직하면서 느낀 점들을 글로 담아 공감을 나누고 싶습니다.

반갑다 퇴직

조 영 선

퇴직을 만나는 마음
얼떨결에 놓고, 대처한 일들
퇴직을 칭찬하자
모르면 따라해 보자
은퇴, 불안은 기회다
눈에 쌍심지 켜고 아내와 친해지기
이런저런 생각들

1

퇴직을 만나는 마음

그날도 여느 날과 같이 밝은 모습으로 오늘 할 업무들을 생각하며 출근했다. 햇살이 기분 좋게 사무실을 가득 채워 구석구석 먼지들을 긴장케 하는 쾌청한 날이었다. 그런데 갑자기 며칠 전 저녁에 술 한잔하며 얼핏 얘기 들었던 퇴직 통보를 전화로 연락받았다. 전화이기 때문에 멀리 느껴지는 건지 아니면 정신이 혼미해져서인지 모르겠지만 전화기 너머에서 들려온 이야기는 '퇴직자 결정이 났다. 이번 달 말 발령 난다.'라는 것이었다. 어찌해야 할지 몰라 멍하니 앉아 있다가 '뭘 놀라나? 엔지니어가 연구소장도 해봤고, 제일 고참이라서 준비하고 있다고 늘 얘기했듯이 올 게 왔을 뿐이잖아.'라고 되뇌이며 사무실을 둘러봤다.

엊그제 사놓은 회의 테이블에 정가로이 놓여있는 다과는 손님을 기다리고 있고, 드러나 보이지는 않지만, 캐비닛 안에도 가득히 아직 포장도 뜯지 않은 여분의 다과가 있고, 냉장고 안에도 스타벅스 카페라테 병이 줄 맞춰 도열 되어 있다. 이별을 위한 만찬을 미리 준비한 건가? 싶다. 정들었던 사무실에서 내가 없어도 새 주인과 잘 지내라고 작별 인사를 하며 마음을 추슬렀다. 그러고 나니 마음이 조금 홀가분해졌지만, 문밖에 있는 주변 직원들한테는 표정관리를 하며 겨우 퇴직 소식을 전했다.

애써 태연해지려고 했다. 흐트러진 모습을 보여 나아질 게 없었고, 그러면 마음도 따라서 처참해질 것 같았다. 직속 후배들을 불러서 공지하고, 앞으로 어떻게 정리할지를 설명했다. 얘기하는 내내 눈시울을 붉혀가며 터져 나오는 안타까움을 억누르는 후배들의 모습에 감사하면서도 마음이 먹먹해지는 걸 가누기 힘들었다.

목 주위로 시큰한 자극이 느껴지고, 스프링쿨러 물줄기 같은 눈물이 눈가를 뚫고 나오려 애쓰고 있었다. 다시 그날을 떠올리기만 해도 이런 지경인데 그 순간 나는 어찌 태연히 직원들과 앞으로의 계획을 얘기할 수 있었을까? 그건 앞서 몇 차례 경험했던 선배님들의 퇴직 순간의 모습을 닮고 싶지 않은 나의 욕심이 컸기 때문인 것 같다.

과거에 선배님의 퇴직 소식을 듣고 늦가을 이른 새벽 물가에 피어오르는 안개가 머릿속을 꽉 채운 듯 멍해지면서 곧, 일 잘하는 선배를 내치는 회사에 대한 원망과 당장 함께 계획했던 많은 것들이 한순간 물거품이 되어 앞으로 같이 못 하는 안타까움에 마음 아팠었다. 공원에는 나무로 만든 것 같지만, 시멘트라서 차가움에 놀라게 하는 벤치가 있다. 나무 모양 페인트칠의 기만을 투덜대게끔 장식 측면에서는 어수룩하지만, 다른 한편으로는 절대 쓰러지지 않고 나를 받쳐주는 듬직함이 있다. 이런 공원의 벤치 의자 같은 선배님의 빈자리를 어찌할지 두려움에 떨며 선배님의 분노한 손짓을 도와 짐 정리를 묵묵히 할 때, 같이 화가 나는 걸 참느라 힘을 주어 불끈 주먹을 몰래 쥐어보기도 하고, 책상이라도 한번 내리치며 현실을 한탄하고 싶은 마음을 억눌렀던 기억이 떠올라 등짝이 흥건히 젖는다.

　언젠가 신문에서 부부 사별 시 스트레스가 가장 크다고 하는데, 그것은 아직 겪어보지 않은 탓인지 존경하는 상사와의 이별이 주는 스트레스가 가장 크다고 생각했다. 가슴 졸이는 시선을 받았던 순간은 두 번 다시 겪고 싶지 않고, 후배들에게 안겨주기도 싫다. 이러한 마음이 나를 꿋꿋한 모습으로 지켜준다.

　그리고 나만의 이유가 또 하나 있다. 회사에서 깨달은 바인데, '부하가 상사를 생각해 줄 수 없고, 상사가 부하를 살펴줘야 한다.'는 거다. 이 생각이 지금까지 나를 만드는 데 일조해 왔다. 이렇게 생각한 이유는 과거에 많은 일들이 닥친 순간을 들여다보면, 선배는 이미 유사한 일들을 경험해 보았고, 후배들은 처음 겪는 일이었다. 그러므로 경험을 바탕으로 문제를 예방하거나 발생한 문제를 슬기롭게 해결할 수 있는 수 있는 사람은 항상 선배이므로 선배가 후배를 생각해 줄 수 있지 후배가 미래를 예측해서 선배를 도와줄 수 없다고 생각한다. 문제가 발생하면 유사한 경험을 하고도 대비하지 못한 자신을 탓하지 않고, 처음 겪는 후배한테 미리 예방하지 못했다고 입에 거품 물고 다그치거나 인신공격까지 서슴지 않으며 야단하는 몇몇 선배님의 초라한 모습이 싫었다. 마지막 순간에도 후배를 살펴줘야 한다는 생각이 나를 올곧이 서게 하고, 후배들 앞에 당당한 모습을 지키게 해줬다.

헤어짐을 안타까워하며 회사의 처신이 잘못되었다고 위로해 주는 말에 빠져들었다. 원통해하고, 아쉬워하고, 그러다 보면 원망스러운 일들도 떠올랐다. 더 분개하며 이 소중한 시간을 보낼 수 없다고 생각했다. 과거 선배님들과는 달리 퇴직을 어떻게 대처해야 하는지 모범을 보여주고 싶다. 그리고 직원들의 입장에서 당장 닥친 현실을 어떻게 헤쳐 나갈지 고민해 보고 불안을 떨구게 하여 더욱 지혜롭게 대처할 수 있게 도와주고 싶다. 새로운 분과 과거에 내가 어떻게 만났었는지 얘기해 주고, 나와 함께한 많은 미래 계획 중에 어떤 건 지켜나가면 좋겠다는 얘기도 해주고, 처음 만났을 때 부족해 보였던 게 있으면 이번에 만나는 후임한테는 이렇게 대해주면 첫인상이 좋을 거라는 얘기도 해주고 싶었다. 이런 생각들을 하고 보니 좀 더 담담한 모습을 지킬 수 있었다.

그렇지만 집에서 한 달여 쉬면서 보내는 시간까지 원망

을 감출 수는 없었다. 집에서 뒹굴며 쉬는 게 아니고 저녁이 되면 지인들과 식사하며 이별을 나누는 시간을 보내고 있었기에 회사에 대한 생각을 지워버리기보다는 제가 없는 회사 정황을 듣고 이런저런 시나리오를 상상하며 회사를 원망하는 시간이 되었다. 나는 리더로서 직원들의 성장플랜을 세우고, 해외 고객 확보에 노력하고 성과도 냈고, 다양한 제품군에 800명이 넘는 연구 인력을 안정된 조직문화로 이끌었고, 3조가 넘는 매출로 캐시카우 역할에 충실했었다. 그런데 이런 성과는 쳐다보지도 않고, 승진과 퇴직을 쥐락펴락하는 권력자의 개인적인 친밀도 그리고 조직이나 프로젝트 수를 감안하지 않는 서투른 실적 비교 등, 공정하지 못한 판단으로 퇴직을 결정한 특정인들을 국내 산업을 지탱하는 굴지의 회사에 걸맞지 않은 저급한 실력자들로 규정하고 헐뜯고 비난하고 원망했다.

이런 생각들은 끝없이 자가 발전하여 나의 퇴직 결정에 일조할 수 있는 사람들은 다 자신의 생존만을 중시하고 조직의 비전이나 회사의 미래는 아랑곳하지 않는다고 힐난한다. 반대로 '나는 지금 단순히 퇴직한 것을 원망하는 게 아니라 회사를 걱정하는 마음이다.'라는 불평의 합리화도 끌어낸다. 때론 지인들과 이별주를 하면서 이런 생각들을 토로하면 같이 안타까워해 주는 모습을 보며 가정이나 추측 혹은 중상모략은 완전히 잊어버리고 확신과 세상을 꿰뚫어 보는 명석함을 가진 나로 착각하기까지 한다.

그런데 그런들 내게 남는 건 뭔가? 원망해서 난 뭘 할 건가? 하며 당장 내일을 생각해 보니 가을에 플라타너스 잎들이 우수수 떨어지듯 원망과 헐뜯는 마음이 가라앉는다. 그렇지만 그 생각에 빠져있을 때 나는 얼마나 큰 좌절과 원망을 마음에 새겼을까? 지금 그때를 다시 생각만 해도 얼굴이 붉으락푸르락 해지고 빨갛게 달아오르는데…….

7년 전 위암에 걸렸을 때 의사 선생님께 위암의 원인을 물어보니 스트레스 직종이 연관성 있게 나온다고 하기에 "저는 스트레스를 잘 받지 않는데요."라고 했다. 의사 선생님이 그건 말이 안 된다고 하시며 스트레스는 폭풍 같아서 받고 안 받고 선택할 수 있는 게 아니라고 했다. 그저 빨리 수습하고 잊어버리는가? 아니면 마음에 남아 계속 영향을 주는가? 사람에 따라 약간의 차이가 있을 뿐이란다. 한번 맞닥뜨린 원망과 좌절의 순간은 금세 잊을 수 있지만 스트레스 한 방 먹은 충격은 어쩔 수 없이 몸과 마음의 큰 상처를 줬을 것이다. 흐르는 물과 같다면 얼른 가버리게 수문을 활짝 열고 싶다. 차에 묻은 오염과 같다면 깨끗이 씻기도록 소낙비 내리는 아스팔트 잘 깔린 주차장 한가운데에 내놓고 싶다. 자꾸 씻어 내리거나 다른 기억으로 바꿔치기를 노력하면 이내 까마득히 오랜 일이거나 잊어버린 과거로 만들 수 있을 거 같다. 내 맘 속을 들여다보니 이렇게 큰 아픔이 자리하고 있다는 걸 알았고, 겉으로는 괜찮은 듯 지낸 시간이 내 맘의 이중성인지 살아가는 데 필요한 페르소나인지 궁금하다.

어쨌든 두 가지 마음으로 나를 진정시키고 있다. 첫 번째로 내가 그랬듯이 회사에 남은 후배들도 당연히 당황하는 나를 지켜보기가 힘들 거니까 나는 좀 더 편하게 떠나야 한다는 의무감이다. 이 마음이 뒤끓는 혼란과 나를 몰라주는 상사에 대한 불만과 정치가 승리하는 냉혹한 현실에 좌절당한 나를 진정시켜 줬다. 두 번째는 오늘을 어떻게 보내는가를 중요하게 생각하는 마음이다. 어떻게든 현재 점들이 연결되어 미래가 만들어진다는 스티브 잡스의 스탠퍼드 연설을 믿고 원망보다는 내일을 준비해야 한다며 그 말을 따르고 있는 마음이 나를 진정시키고 있다.

작년 말에 퇴직한 후 느끼고 경험한 이런저런 일에 관해 기억을 더듬어 얘기했다. 정말 당황한 시간이었기에 몇 달 전 일이지만 까마득히 생각이 안 나서 다 얘기 못한 것도 있다. 그렇지만 이렇게 얘기하고 나니 조금 정리가 된다. 먼저 나온 분들도 있을 것이고, 앞으로 나올 분들이 있을 거로 생각한다. 직원의 퇴직과 달리 임원의 퇴직은 수시로 명령하므로 예상치 않게 갑작스레 다가온다. 60세가 다가오면 조만간 퇴직하겠거니 생각은 하지만 올해 일지 내년일지 모르는 상황에서 갑자기 퇴직을 통보받는다.

매년 누가 나간다더라 하며 인사 시기가 오면 입방아에 오르내리기도 하고, 정년이 다가오니 다 예상한 거 아니냐는 듯이 주변에서 바라보지만, 막상 퇴직을 통보받으면 당사자는 엄청난 정신적 충격을 받는다. 그래서 퇴직한 마음을 서로 나누면 안정을 찾는 데 도움이 될 거라 생각되어 글을 쓰기로 했다. 서투른 이 글이 누군가에게 위로를 주면 좋겠다. 이 세상 어느 한 편에서 똑같은 마음을 이겨내고 앞으로의 30년을 위해 지나온 30년을 돌아보는 사람이 있다고 생각해 주길 바란다.

2

얼떨결에 놀고, 대처한 일들

퇴직하면 가슴이 답답하다. 어마어마한 조직과 업무를 끌어나가느라 정신과 육체가 완전히 가동되다가 몇 월 며칠 자를 기준으로 하루아침에 조용한 집안에 단둘이 혹은 혼자 '이제부터 뭘 하지?' 하며 지내는 그런 변화다. 이런 어마어마한 차이를 한순간 극복해 내는 건 꿈도 꿀 수 없고, 정확히 이러한 변화 자체를 인식조차 하기 힘들다. 다행히 '이런 큰 변화 때문이구나!'라고 인식을 했다면 변화의 크기를 줄이는 게 중요하다. 그래서 한 가지는 직원들과 이별의 시간을 충분히 가지면서 마음 가는 대로 생각나는 대로 일에 대해 얘기하고, 논쟁하며 보내서 아직도 일하는 줄 착각하는 시간들을 가지면 변화의 차를 쪼금 줄일 수 있다. 다른 방법은 선배들과 대화라고 생각했다. 선배님들과 나누는 얘기도 결국 업무거나 앞으로 어떻게 대처해나갈지에 대한 얘기라 도움이 되고 똑같이 일하는 줄 착각을 하게 해줘서 역시 도움이 된다. 그리고 선배님들과 OB 모임 등을 통해서 인사를 나눠

야 하기도 한다. 그런데 그 모임에서는 오래전에 만난 하늘 같은 선배님부터 이번에 같이 퇴직한 분들까지 한자리에 모여서 수년간 얘기들을 순서 없이 쏟아내고, 맞장구치고, 처음 본 분들도 있어서 인사 나누는 등 와자지껄한 자리라서 이런 퇴직 충격에 대해 의미 있게 대화하기는 어렵다. 연락하고 지내던 선배님께 개별로 퇴직 인사를 드리면서 만날 자리를 만들거나 전화로라도 지금의 마음을 털어놓고, 궁금한 걸 묻는 게 좋다. 다들 다른 나이에 다른 위치에서 그만두었고, 현재 어떻게 지내고 있느냐에 따라 다양한 얘기들을 해주신다. 그리고 대부분 고생했으니 쉬라는 말을 똑같이 한다. 처음에는 위로의 말이라고 생각하고 잊어버리고, 다른 얘기에 귀를 기울였다. 다음 직장을 어떻게 구하는지? 아니면 같이 일하자고 제안받으면 어떻게 선택하고 대응할지 등이 궁금했기에 그런 얘기를 묻고 귀를 쫑긋 세워 한마디도 놓치지 않고 들으려고 했다. 들은 내용은 대체로 세 가지 정도로 요약된다.

첫 번째로 급하게 정하지 않는다. 더 좋은 제안이 들어올 수 있다고 생각하고 석 달 혹은 다섯 달처럼 일정 기간을 정해서 제안을 받아들이고, 검토하겠다고 답하여 몇 가지 제안 중 비교해서 좋은 쪽으로 택한다.

두 번째로는 분위기를 제일 우선으로 판단한다. 다음 직장은 현 직장 대비 규모가 작아서 한마디로 가정적이다. 엄하고, 불화가 있는 가정에서 살기 어렵듯이 그런 분위기의 직장이면 제2의 직장으로는 적절하지 않다는 것이

다. 젊었을 때처럼 열정이 강하지 않고, 체력적인 면에서
도 스트레스를 이겨내기 어렵다. 그래서 분위기가 좋은
직장을 택해야 이겨낼 수 있다는 것이다.

세 번째로는 급여나 규모보다는 '얼마나 오래 근무할 수
있는가?'를 기준으로 하면 좋단다. 이직이 반복되면 앞
직장의 백그라운드는 잃는 것이다. 그리고 더 나이가 들
어서 자격요건도 악화한다. 즉 "이번이 마지막이라는 마
음으로 선택해야 한다."등이었다. 위의 세 가지 조언을
조합하거나 그 이외에 몇 가지 얘기를 더 마음에 두었다.
그런데 이 정도 습득이 된 시점에 오히려 처음에 얘기들
은 쉬라는 얘기가 귀에 솔깃하게 느껴진다. 직장 생활을
32년이나 했는데, 충분히 쉬지 않고, 다음 일을 덤비면
나중에 후회한다는 얘기가 마음에 와닿는다.

시간이 점차 흐르면서 마음이 조금 안정되고, 몇 차례
다음 직장 구하는 법을 듣고 보니 이런저런 생각을 해보
게 되고, 그러고 보니 쉬는 게 가장 먼저이고 중요하다는
생각이 들었다. 이유는 급하게 일을 시작하는 것보다 중
요한 게 앞으로를 위한 준비다. 체력도 보충하고, 마음도
잘 챙겨서 충분히 고민하여 정한 다음 직장이 서둘러 정
하고 지친 몸과 마음으로 시작하는 것보다 훨씬 장래성
있고, 좋은 선택일 것이라고 생각하게 되었다.

주위에서 퇴직 위로와 함께 앞으로 어떻게 할 생각인
가? 하고 물을 때마다 조바심이 더해지고, 여태껏 직장
없는 시간을 보내보지 못한 탓에 하루하루 집에서 보내
는 시간은 재취업을 재촉하고 또 재촉한다. 그렇지만 자

의든 타의든 간에 한 달 반 정도를 이런저런 고민을 하며 보내고 나니 그제야 쉬는 게 가장 먼저라는 깨달음을 얻었다. 제대로 쉬는 방법을 고민하고 정해나가니 이제는 노느라 마음이 바빠진다. 뭘 하며 쉬어야 할까?

일단 좋아하는 골프 여행을 다녀왔다. 재직 중에는 3박 4일 제주도에 골프 치러 갔던 추억을 돌이켜 생각해 볼 때마다 또 열심히 해서 다른 곳에도 가야겠다는 희망을 품게 하고, 그로 힘을 얻어 더 열심히 살 수 있었는데, 쉬면서 간 일본 골프 여행은 많이 다른 느낌이다. 즐겁게 여행하고 돌아왔으나 그때뿐이다는 생각이 들었다.

첫날은 말로만 듣던 일본 골프장은 어떻게 생겼는지? 한국처럼 재촉하며 치지 않는다니 여유롭게 치면 최고 스코어를 만들 수 있겠지, 등등 이런저런 기대감으로 들떠 있었다. 그리고 머나먼 타국에서 골프를 즐기고 있는 내 모습을 바라보며 나이 들어 탄력 빠진 볼에 주름 새겨지는 줄도 모르고 입을 합죽이로 만들어 종일 미소 짓고 있었다. 다음날에는 어제 머리 쥐어박으며 헤드업 하지 말자고 했으나 맘처럼 안 되었던 기억을 떠올리며 오늘은 꼭 지켜보겠다고 다짐하며 나섰다. 또 천근의 무게로 다리를 굳건히 버티고 스윙하겠다는 다짐을 계속 맘속에 되뇌며 부푼 꿈을 안고 시작했지만, 평소처럼 역시나 잘 안되고 원하는 스코어를 만들 수 없었다. 마지막 날에는 다시 못 올 아쉬움에 힘 바짝 들여 휘두르는 바람에 야구하는지 골프를 하는지 구분이 안 되게 보내면서도 즐거웠다. 그렇지만 귀국해서 그 즐거움을 떠올린

적이 드물고, 떠올렸을 때도 그저 퇴직 기념 일회성 여행이었다는 생각뿐이고 삶의 희망을 주는 그런 감흥은 없다. 아마 바쁜 와중에 맞는 휴식은 꿀맛이지만 쉬면서 갖는 여행은 휴식의 의미가 없기 때문인 거 같다. 여기서 문득 놀 줄 모른다는 생각이 들었다.

 즐거우면 그 자체로 좋아야 할 텐데 뭔가 의미를 부여해야만 좋게 생각하는 놀아본 적 없는 사람이기 때문일 거라는 생각을 했다. 즐거우면 더 바라지 않는 마음을 길러 놀 줄 알아야 하겠다.

 이렇게 마음 정리를 하며 한편으로는 퇴직 절차를 잘 마무리해야 한다. 절차라 해봐야 몇 가지 되지는 않지만 중요하다. 첫 번째 선택을 해야 하는 게 '퇴직금 수령을 어떻게 할 것인가'이다. 먼저 일시불로 받을 수 있는데, 세금을 일괄 공제하고 받는다. 근속 기간에 따라 표준 퇴직금이 있는데 퇴직금이 많을수록, 근속 기간이 짧을수록 세금이 높다. 예를 들어 과세표준 퇴직소득이 1.5억 이하면 세율 24%이지만 3억 이상이면 35% 세율을 적용한다. (자세한 내용은 "퇴직 소득세 과세표준 및 세율"을 검색하여 도표를 참조하라)

 다른 방법으로는 IRP 계좌로 받는 방법이 있다. 그러면 세금을 제하지 않고, 계좌로 입금되고, 연금 수령 시기까지 운용해서 수익을 높일 수 있다. 그리고 10년 이상 거치하면 세금을 30% 감면받을 수 있고, 연금 수령 10년 후부터는 40% 감면을 받을 수 있으므로 당장 써야 할 일이 아니면 노후를 위해 IRP 계좌로 수령할 것을 추천한다. 그리고 IRP 계좌는 은행별로 한 계좌 개설이 가능하므로 이미 IRP 계좌를 이용하고 있으면 통합하지 말고 분산해야 개별로 해지하거나 연금 수령 시기 등을 조절할 수가 있다. 그리고 시간이 많을 테니 꼭 IRP 계좌에 있는 돈을 그냥 두지 말고 안전한 저축이나 채권, 주식 등에 투자 운용하여 경제 감각도 키우고, 재산도 불리길 바란다.

경험이 없어서 잘못해서 손실이 생길까 봐 걱정되면 책이나 유튜브를 보며 공부하기 전에 IRP 담당 직원한테 많은 질문부터 시작할 것을 추천한다. 고객을 위해 늘 정보를 준비하고 있고, 또 고객의 수익을 창출하여 그 수수료로 벌이를 하는 분들이라서 굉장히 친절하고 한꺼번에 다양한 정보를 얻을 수 있다. 많이 물어보면서 뭘 해야 할지 알 수 있고, 또 어디서부터 시작해야 할지 가이드를 얻을 수도 있다. 담당자가 추천한 것을 따라만 해도 실패보다는 이익을 남기는 경우가 대부분이다.

다음으로는 실업급여 신청이나 내일 배움 카드 신청 그리고 OB 모임이 있으면 가입하고 회비도 내야 한다. 제 경우는 알아보니 1년 고문으로 재직하는 터에 지금 상태가 근로자도 아니고, 고문 기간이 끝나도 실업급여 대상자도 아니다. 이유는 고문은 고문료를 받는데 이는 고용보험 대상이 아닌 관계로 고용보험을 내지 않아서 근로자로서 혜택이 없다. 따라서 내일 배움 카드 대상자도 안된다. 또 실업급여 대상에서 제외되는 사유는 2023년 실업급여 조건이 다음과 같다.

1) 이직일 이전 18개월간(초 단시간 근로자의 경우, 24개월) 피보험 단위 기간이 통산하여 180일 이상이어야 한다.

2) 근로의 의사와 능력이 있음에도 불구하고 취업(영리를 목적으로 사업을 영위하는 경우 포함) 하지 못한 상태에 있어야 한다.

3) 재취업을 위한 노력을 적극적으로 해야 한다.

4) 이직 사유가 비자발적인 사유여야 한다. (이직 사유가 법 제58조에 따른 수급 자격의 제한 사유에 해당하지 아니할 것)

그런데 1년 동안 고문을 지내면서 고용보험료를 내지 않았기에 1) 항에 해당하여 실업급여 대상이 되지 않는다. 이점을 알고 대상 여부를 확인하여 적절한 조치를 하고 신청하자.

실업급여 대상이 되는 퇴직의 경우는 실직이므로 4대 보험을 직장에서 개인으로 변경해야 한다. 4대 보험은 국민연금, 의료보험, 고용보험, 산재보험이고, 이중 의료보험은 건강보험공단에서 지역 의료보험료를 산출해서 알려주므로 이에 따르면 된다. 산재보험은 회사에서 지불하는 내용이므로 실직하여 해당 사항이 없다. 고용보험은 실업급여로 전환하여서 받으면 된다. 국민연금은 실업 급여 신청 시 같이 확인하고, 보통 소득의 9%를 내는 건데, 지역가입자로 전환되면 개인이 전액 부담해야 한다.

국민연금 전체 가입자의 중간 수준인 월 100만 원을 기준으로 9% 산정하여 9만 원을 납부하면 된다.

　퇴직 후에 해야 할 일은 여기까지이다. 그리 복잡하지 않지만 사소한 걸 놓치면 손해 보는 거 같고, 또 이런저런 일 처리가 맘 정리하는 데도 도움이 되는데 둘 다 놓칠 수 있으니 쉽게 찾아볼 수 있는 인터넷이나 방문 상담 그리고 선배들과 대화 시 확인해서 빠짐없이 처리하자.

3

퇴직을 칭찬하자

"깜짝 놀랐다." "회사가 인재를 놓쳤다." "현재 대장들은
다 또라이다."라는 주위 분들 위로의 말에 덩달아 다들
자기만 살아남기에 급급한 사람들이라고 갖다 붙이며 상
사들을 원망한다, 반면에 조직의 미래를 위해 중요한 일
은 다 맡아서 하고, 고객을 다독이고 구매와 품질 등 관
련 부서와 협업하는 게 중요하다며 깃대 잡고 앞만 보고
달려 나갔던 스스로를 질책한다. 본사와 왕래하면서 챙겨
줄 사람을 사귀는데 열을 올렸어야 했는데 잘못 살았다

며 후회한다. 이런저런 한탄과 원망으로 한 달이 훌쩍 지나간다. 그리고 마음이 불안하고, 자다가도 벌떡벌떡 일어나고, 속도 늘 쓰려서 군것질로 배를 채워놔야 진정이 되다 보니 이건 아니다 싶은 마음이 든다. 계속 미련에 잡혀있고, 충격에 빠져 있으면 마음의 상처가 깊어지고 몸도 따라서 허약해져 곧 병들지도 모른다. 마음을 빨리 정리하고 다시 일어서야 한다.

나 같은 경우는 가장 먼저 퇴직을 위해 그동안 뭐가 준비되어 있는지 점검해 보는 게 좋겠다고 생각했다. 다들 알게 모르게 퇴직을 대비하면서 살아왔다. 그래서 생각보다 많이 퇴직 후 삶에 대한 준비가 되어 있는 것을 발견할 수도 있다. 이것이 마음의 안정을 찾는 데 도움이 된다.

먼저 경제적 준비 상황을 점검해 보라. 국민연금 수령액이나 수령 시기 그리고 저축보험, 연금보험, 퇴직연금 등을 부부 합산해 봐서 굶어 죽을 정도 아니기만 해도 일단 안심이 되고 얼떨결에 잘 준비해놓은 자신한테 박수를 보낼 수 있다. 그리고 이제껏 쌓아온 인적 네트워크도 정리해서 앞으로 어떻게 관계를 유지해 나가고 어떤 일에 대해서는 누구누구한테 연락해서 풀어 나갈지 생각해 두면 좋다. 또 자신이 보유한 전문 기술이 뭔지 정리해야 한다. 이력서 양식을 이용해서 과거부터 지금까지 경력을 나열하고, 자기소개서 방식으로 가지고 있는 노하우나 역량 그리고 어떻게 다양한 분야에 활용할 수 있는지와 본인의 철학 등을 정리한다. 그리고 그러한 것들을 어떻게 유지할 것인지 생각해 둬야 한다. 이런 정리 속에서 퇴직 후에도 밑천이 있는 자신에게 칭찬을 한다.

다음으로는 퇴직에 대한 생각들을 정리한다. 첫 번째로 퇴직 후 뭘 두려워하는가? 여러분께 물어보니 막연히 뭘 해야 할지 모르는 게 걱정이란다. 뭘 할 수 있는지 구체적으로 생각하고 덤벼보지 않고, 뭘 해야 할지 마땅치 않다고 걱정한다. 그런데 선배들을 가만히 살펴보고, 관심가는 분야에 계신 분들을 만나서 얘기해 보니 다 살길이 있단다. 시작하기 전에 걱정부터 하지 말고 차근차근 찾아보고 시작해야 한다. 두 번째로 시간이 많아서 심심하게 보낼 걸 걱정한다. 시간 많다고 해외여행 가는 것도 한두 번이고, 산책도 하루 이틀이지……. 하는 마음이다. 즉, 오롯이 논다는 것은 지루하고, 돈도 부족할 것이고, 놈팡이가 된다는 부정적 생각으로 치부한다. 그래서 하나같이 고정적으로 시간과 정성을 쏟을 일이 있기를 바란다. 그렇지만 위와 같이 구체적으로 따져보면 계속 일하지 않고, 이 시점에서 은퇴가 가능하다. 또, 위의 은퇴 후 걱정을 없애기 위한 루틴을 만들면 지겹지도 않다.

예를 들어 골프를 좋아한다면 얼마 정도 들고, 퇴직 후에도 감당할 수 있는 금액인지 구체적으로 따져보면 막연히 걱정한 거보다는 지금 준비한 자금 사정 내에서 즐길 수 있는 방법을 찾을 수도 있다. 실제로 계산해 보자. 아파트 연습장에 한 달 등록하는데 3만 원이고, 일주일에 한 번 스크린 가면 2만 원x4회, 그리고 한 달에 한 번 필드 나가면 20만 원(평일 기준)이다. 즉 한 달에 31

만 원이고, 일 년에 372만 원이다. 십 년이면 3천720만 원이라 돈이 아주 부족하지는 않을 것이다. 이렇게 구체적으로 생각해 보지 않고, 막연히 놀려면 돈이 부족하겠다고 생각하고 걱정부터 한다.

그리고 일하겠다는 생각과는 반대로 그동안 고생했으니 행복한 시간을 보내야 한다고 생각한다. 그런데 어떻게 보내야 행복하게 보내는지 모른다. 놀면서 즐기면 행복할 텐데 노는 건 아닌 거 같고, 그래서 하루에 몇 시간 혹은 일주일에 며칠을 투자하는 업과 여가생활을 병행하길 바란다. 그런데 세상에 그런 꿀 보직은 많지 않다. 그래서 걱정하고 행복을 찾지 못한다.

얼마 전 〈소크라테스 익스프레스〉를 읽었다. 은퇴를 걱정하는 사람들에게 적극 추천한다. 새벽, 정오, 황혼으로 3부로 나눴고, 마르쿠스 아우렐리우스처럼 침대에서 나오는 법 다음에 소크라테스처럼 궁금해하는 법과 같이 다양한 생활의 방편을 논했기에 목차만 봐도 왜 추천하는지 바로 이해할 수 있을 것으로 생각한다. 그중에 특히 12번 에픽테토스처럼 역경에 대처하는 법에서 스토아철학을 지지하는 프랭클린 루스벨트 대통령이 얘기했다는 "우리가 두려워해야 할 유일한 것은 바로 두려움 그 자체"를 걱정에 대비해 보면 좋겠다. 즉 '오로지 걱정만 하는 것을 두려워하라' 그리고서 스토아 철학의 핵심 교리인 "바꿀 수 있는 것을 바꾸고, 바꿀 수 없는 것은 받아들여라." 는 말을 실천할 것을 추천한다.

4

모르면 따라 해 보자

  머릿속은 아직 정신없이 꿈속에서 헤매고 있는데 커튼 사이를 비집고 들어오는 햇살은 쌀쌀한 늦봄을 알리려는 듯 환한 아침을 알려온다. 몇 달 전만 해도 벌떡 일어났으런만 이젠 일부러라도 햇살과 밀당 한다. 돌아누워 보기도 하고 이불을 덮어써 보기도 하며 밤을 늘어뜨리는 이유는 퇴직해서 갈 곳이 없기 때문이다.

  처음에는 긴장과 걱정으로 저절로 벌떡 일어나서 어디 나가지는 않지만, 책상에 앉아서 컴퓨터나 핸드폰, 책을 만지작거리거나 혹은 거실에서 빈손 운동 등을 닥치는 대로 했다. 메일도 들여다보고 뉴스도 읽고 책도 뒤적거리고 커피를 타서 아침부터 간식으로 들이마시는 통에 뱃속을 놀라게도 했다. 그러다 지쳐 아침을 맞이하고 차려준 밥을 먹으니, 하루를 시작하기도 전에 몸과 마음은 지쳐있다.

  몇 달 그러다 보니 반복적으로 자동차 관련 뉴스나 기술 소개와 같은 칼럼을 보는 것과 영어 공부처럼 뭔가 도약하겠다는 목표를 갖고 하는 건 참 좋은 점이 있는 걸 발견했다. 놀면 죄짓는 듯한 마음만 빼면 이게 나쁜 강박증세는 아니구나! 라는 생각이 들었다. 그래서 아침 일과를 습관화할 수 있도록 정리했다. 무의식적으로 해온 그간의 행동 중에 안 좋은 점 하나는 일해야만 한다는 조바심이 몸과 마음에 주는 스트레스라서 이것만 가려내고 아침 운동과 뉴스 보기 그리고 영어 공부 등만으로 루틴을 만들었다.

어찌 하루아침에 전등처럼 껐다 켜듯이 변할 수 있겠는가? 퇴직 직전까지 동료들과 그렸던 미래 설계와 매일같이 800여 명의 연구원이 만들어 내는 사건들과 300여 개 프로젝트에서 발생하는 이슈들을 해결하는 고민과 예방하는 아이디어들……. 내외부 고객들과 바쁘게 묻혀 지내던 삶의 방식에 기나긴 시간 동안 길들어 있었다. 그런데 다음날부터 해야 할 일은 양치질이나 세끼 챙겨 먹는 것. 그리고 아내가 시키는 일 정도다. 갑작스레 맞닥뜨린 아일랜드 모허의 절벽 같은 단절, 커다란 차이를 누가 쉽게 받아들일 수 있겠는가? 여기서 오는 불안과 두려움 그리고 공허를 메우기 위해 얼른 다시 기존의 습관을 유지할 수 있는 환경을 만들려고 애썼다. 바뀐 환경을 받아들이지 못하고 관성의 지배를 받는 내가 보인다.

마침 최경영의 이슈 오도독에서 "50대 조기 은퇴자의 행복한 은퇴법"을 소개받아서 듣고 보니 콘텐츠를 수용하는 사람과 콘텐츠를 만들어 내는 사람들이 사건을 대처하는 방법이 다르단다. 수용하는 후자는 부정적이고 만들어 내는 전자는 긍정적이란다. 나와 마음이 통하는 얘기라서 혹 마음을 파고든다. 지속할 수 있는 저렴한 취미를 만들라는 것과 글을 쓰라고 추천해 주는 것도 이제 시작한 것과 딱 맞다. 다들 준비해야 한다고 얘기하는 데 겪어보니, 준비할 수 있는 게 아니라 꼬인 실타래 풀듯이 하나하나 잡아당겨 보기도 하고 아니다 싶으면 다른 걸 끄집어내 보기도 하고 어쨌든 공들이고 시간 들여 맞닥뜨린 지금 풀어나가야 하는 것이다. 90년 후반에 들이닥친 IMF나 최근에 코로나 사태처럼 차근차근 대처해 나가면 우리 삶에 녹아들듯이 커다란 변화를 깨닫고 충격을 누그러뜨리는 게 중요하다.

그런 다음 미래를 준비하면 또다시 30년을 거뜬히 살 수 있을 것이다. 대학 4년 다녀서 전공이란 이름 달고 잘 살지 않았는가? 또 1년이나 2년 준비하면 이제껏 살아온 전공의 연장선이 아니라 새롭게 재생된 신공(새로운 전공)을 만들 수 있을 것이니 앞으로 30년을 살아갈 수 있을 자신감이 생길 것이다. 특히나 먼저 길을 갔던 선배들의 여러 모습이 있으니, 맘에 드는 걸 하나 골라서 따라 하면 되니까 생전 처음 해본 코로나 대처나 IMF 대처보다는 훨씬 쉬울 것이다. 중요한 것은 주어진 상황과 본인의 자질 그리고 좋아하는 걸 찾아서 거기에 걸맞은 길을 찾아 잘 선택하는 것이다. 즉 선배님들을 만나볼 것을 추천한다. 이번 달에도 직장동료와 선후배를 만날 약속으로 구글 캘린더를 꽉 채워놓았다. 재래시장 좌판 둘러보듯이 앞서가는 선배들의 얘기에 귀 기울여 골라 먹는 즐거움을 만끽하겠다고 생각한다.

5

은퇴, 불안은 기회다

바리스타를 소개하는 광고나 드라마 커피프린스에서 윤은혜 씨가 차려입은 복장과 커피를 내리는 모습을 보면서 늘 시간 나면 나도 저렇게 해봐야지 하고 마음먹었던 커피 내리기를 할 여유가 생긴다. 은퇴하면 먼저 집에 있는 시간이 많아져서 이것저것 안 해본 것들을 찾아서 배워간다. 제일 쉬운 전기압력솥에 밥하기는 이미 수준급으로 보슬보슬하고 윤기 자르르 흐르는 밥알이 살아있게 지을 수 있다. 그리고 계란이 속살 비치는 색깔의 양파 사이와 북어랑 콩나물 사이에 몽글몽글 퍼지게 북엇국을 끓여낸다. 다른 요리도 덤벼보고 싶은데 어느 날은 마땅한 재료가 없고 어느 날은 얼른 먹고 나가야 해서 또 하루 맘먹으면 앞 끼니에 남겨둔걸 얼른 해치워야 해서 등 갖가지 핑계로 게으름을 피우기도 한다.

아무튼 다른 건 맘만큼 빨리빨리 해내지 못하고 있는데

커피는 열심히 내리고 맛을 보고 있다. 학원 가서 배워보지 그러냐는 지인들도 있지만 돈 내고 배우러 다녀보질 않아서 낯설기도 하고 시간이 많으니 독학할 수 있을 거라는 자신감에 그 흔한 유튜브도 보지 않고 커피를 내리는 드리퍼랑 필터, 포트를 구입하는 거부터 직접 했다.

쿠팡을 클릭하면 쇼윈도를 두리번거리는 바쁜 눈알의 활력으로 기분이 좋다. 부디 다른 것들에 눈 돌리지 않고 사려는 드리퍼랑 필터만 골라야 할 텐데…… 기도하며 쿠팡을 돌아다니다 성공적으로 드리퍼와 포트와 필터만 구입했다. 쿠팡에 들러 유혹에 빠져 과소비 안 하고 실속 있게 구입하는 분들은 정말 정신력이 대단한 거 같다.

커피는 종류는 잘 모르니 무작정 스타벅스로 달려갔다. 예상대로 친숙한 로고로 포장된 여러 가지 로스팅된 커피가 있었고, 나는 다크로스트(Dark roast)를 집어 들고 핸드드립용으로 갈아달라고 해서 가져왔다. 참고로 스타벅스 로고에 관해서 우연한 기회에 알아본 적이 있는데, 미소를 띠고 있는 듯한 여성은 바다의 신인 인어 '세이렌(Siren)'의 형상이란다. 유래를 좀 더 읽어보면서 놀란 두 가지가 있다. 첫 번째는 모비딕 소설을 좋아해서 일등항해사 이름에서 유래했다. 얼마나 좋아하기에 커피와 전혀 연관성 없는 명칭을 붙일 수 있었고, 53년이 흐른 지금까지 내게 전해지게 하였을까 싶었다. 두 번째는 인어인데도 세이렌이 다리가 두 개이고 이를 벌려서 양손으로 잡고 있는 모습이고, 외설 논란에 휩싸여 1992년에 바꾼 로고에는 다리 벌린 모습을 숨겼다고 한다. 노르웨이 한

목판화의 그림을 본떴다고 하는데 양손으로 붙잡고 있는 것이 인어 다리라는 상상은 늘 로고의 유래를 되짚어 보게 한다.

일사천리로 여기까지 해낸 자신한테 감동하면서 커피를 내리는데 일단 분위기에 뿅 가고, 다음으로 향기에 감동하고, 다 내려놓고 맛보기 전에 설렌다. 이 맛에 커피를 내리는 거 같다. 매번 반복하는 드리퍼에 필터 깔고 커피 통을 열면 뿜어져 나오는 고소한 볶은 커피 향을 가루에 얹어 두 스푼 덜어내는 재미가 지겹지 않다. 커피포트에 물을 끓이는 데 조금 있다 들려오는 뽀글뽀글 소리는 시각, 후각, 촉각의 3D에 청각을 곁들여 4D로 만들어 준다. 그런데 이제부터 노하우가 필요하다.

독학은 여기서부터 시작된다. 커피양, 물 온도, 내리는 양, 드립 속도 등은 하나하나 조합해 가면서 찾아야 하는 과제이다. 처음에 두 스푼 커피를 필터에 담고, 텀블러를 가득 채울 정도로 내려본다. 맛과 향이 적절하게 느껴진다. 그런데 텀블러가 불투명하여 색깔을 알 수 없어서 투명 잔에 따라보니 딱 아메리카노 색깔이다.

한방에 해낸 것에 감동하며 천천히 음미하며 하루를 보낸다. 다음날 커피 두 스푼 반을 담고, 같은 텀블러에 내려보니 확실히 진하다. 와중에 발견한 게 드립 속도다. 필터를 가득 채울 정도 물을 유지하니 텀블러 한 통 정도는 순식간에 가득 찬다. 하지만 다 내리고 필터 안을 보니 커피가 필터의 전면에 도포되어 있지 않아서 어느 부분은 그냥 물이 빠져 내려간 거 같다. 그래서 그런지 커피 맛이 가볍다. 기분 탓일까 싶어서 다음날에는 필터의 절반 정도만 물을 채워서 드립을 했더니 커피가 필터를 두껍게 도포하고 있었다. 맛도 묵직하며 향도 진하게 느껴졌다. 그러면서 처음 해보는 불안감도 말끔히 사라졌다.

은퇴 이후의 삶도 마찬가지다. 뭘 해야 할지 걱정부터 앞서고, 이것저것 하다 보면 불안감만 커지고, 좋아하는 일 하라는데 뭘 좋아하는지 몰라 헤맨다. 이러한 과정이 나만의 커피 맛을 찾는 시간과 똑 닮았다.

이렇게 걱정했던 시간은 지나고 경험은 실력으로 자리 잡는다. 커피 종류도 많고, 내 혀도 훈련해야 해서 앞으로도 차츰 더 많은 조건과 맛을 비교하면서 나만의 커피 내리는 법과 맛을 만들어 내고 싶다. 은퇴 후 불안한 시간이 하나하나 이뤄가는 시간으로 바뀌면서 언제 어떻게 연결이 될지 모르지만 지금 이렇게 인생 2막을 준비하는 것들이 나만의 인생을 만들어 줄 것을 믿어 의심치 않는다.

6

눈에 쌍심지 켜고 아내와 친해지기

집에서 보내는 시간이 많아지면서 아내와 함께하는 일과 시간이 자연적으로 많다. 그런데 그동안 같이 지내온 거 같지만 두세 시간 이상을 매일 얘기 나누며 집안일 해가며 보내본 적은 없다. 즉, 같이 보내는 시간이 많아짐에 따라 갈등이 생기는 상황이 발생하고, 어떻게 하면 싸우지 않고 행복한 시간을 보낼까 생각하며 친해지는 방법을 고민한다. 늘 내 편이 되어주던 아내와 많은 시간을 보내게 되었다고 좋아했는데 막상 한 달 정도 지나고 나니 실망스러운 일이 많다. 이전과는 달라진 듯한 아내의 말투에 적응하기 위한 변화가 필요하다.

어느 날 누워서 티브이를 보고 있는데 "같이 분리수거 하러 갈래?"라고 묻기에 "좀 더 누워 있을게!"라고, 대답했더니 바로 문을 쾅 닫는다. 예전 같으면 쉬고 있으라고 하며 조용히 갔었을 텐데…… 하며 섭섭한 마음이 들지

만 억지로 집안 생활에 적응해야지 하며 이것저것 거든
다. 행동은 하고 있지만 마음이 불편하여 계속 이렇게 살
수 없을 거란 생각에 선배들께 물어보기도 하고 스스로
마음 달래기도 하다가 예전에 들었던 법륜스님 생각이
나서 유튜브를 찾아 듣는다. 결론은 '아내 성질이 문제
다'라고 생각하지 말고, '아내가 정신적으로 힘들다'라고
생각하고 대해야 한단다. 왜 늦었냐? 고 하면 '죄송해'라
고 하며 싸움을 만들지 말라고 한다. "자상한 사람은 잔
소리가 많다는 속성을 모르고 좋아한 죄"란다. '알았어!
여보', '미안해요. 여보' 등을 입에 달고 살란다. "참는
데도 한도가 있다"는 것도 자기가 고집하는 거란다. 혹
떼려다 혹 붙인 격이다. 뭔가 비법이 있으려니 생각했는
데, 그냥 참는 게 비법이라니…….
그래도 저명하신 스님의 말씀이고 그 뒤로도 계속 말씀
하시는 게 불가능한 것을 가능케 하려는 욕심이라고 하
니 받아들이자고 생각했다.
  서로에 대한 생각이 달라진 걸 이해하고 받아들이는 게
중요한 거 같다. 단편적으로 주위 분들이 얘기하는 거는
'남자는 그동안 벌어다 준 게 얼마인데'라고 생각하는데
여자는 '이제 벌어오지 않으면 어떻게 지내냐'라고 생각
한단다. 또 '회사 일이니까' 회사 다녀와서 피곤할 테니'
등등으로 이해해 주던 마음들이 없어지고 '같이 지내면
이런걸 해야지', '매일 같이 보내려면 서로 나눠서 해야
지' 등등의 생각으로 아내의 생각이 바뀐다는 것이다. 아
직도 여전히 섭섭한 말을 들으면 눈썹을 치켜올리며 화

를 내고 싶지만 고개 돌려 몰래 눈에 쌍심지를 켜며 마음을 억누른다. 봄이 가면 여름이 오듯이 이 시기에 변화해야 할 자연스러운 것인데 섭섭해한다.

스티브 마라보리(Steve Maraboli) 명언인데 "당신이 통제할 수 없는 일에 대한 쓸데없는 걱정에서 벗어나 자신이 할 수 있는 일에 에너지를 쏟아부어라. 그리고 오늘을 즐기고 당신을 변화시킬 수 있는 효과적인 행동을 행하라". 이 말에서 다른 방편을 떠올린다. 즐길 것을 찾아보는 것이다. 생각해 보니 우리는 많은 것들을 함께 했다. 바쁜 와중에 당직 후 일찍 퇴근하는 경우와 같이 잠시 짬이 생기면 산으로 들로 싸돌아다녔다. 돔형 텐트 하나 들고 숙박료 없이 외박했었고, 출장 끝에 붙여 국내든 국외든 가리지 않고, 아내와 약속해서 나머지 여유 시간을 함께 보냈었다. 이러한 기억을 되새겨보면서 하나하나 함께할 것들을 정리해본다.

제일 먼저 마무리 못 했던 지리산 종주가 떠올랐다. 3박 4일의 여유로운 일정으로 화대종주를 시도했었는데, 아쉽게도 태풍을 만나서 세석 대피소에서 내려와야 했었다. 이번 기회에 세석 대피소로 올라서 대원사로 내려오는 산행을 해야겠다. 그리고 집에 있으면서 같이 할 수 있는 걸 생각 해보니, 산책 외에도 함께할 수 있는 많은 운동이 있었다. 함께 자전거 타는 게 가끔 하는 것이고, 대학교 때 즐겼던 탁구를 다시 해보고 싶다. 집 식탁에서 탁구를 시도를 해보니 아직 실력이 줄지 않았고, 해볼 만하다. 다음으로는 테니스다. 실력이 미천하지만, 이전 직

장 동호회에서 함께 배웠던 기억을 떠올려 실력을 가다
듬고, 신도시에서 살고 있어 주위에 무료로 이용할 수 있
는 테니스 코트를 쓰면 지속할 수 있는 좋은 운동이다.
다음은 조금 비싸지만 정말 다녀오면 며칠 동안 기분 좋
은 골프다. 4년째 함께해서 이제 실력도 어느 정도 있고,
드넓은 잔디에서 네 시간을 보내고 오면 더없는 힐링이
다. 간혹 힘들게 플레이하여 화를 돋우는 경우가 있지만
초록의 들판을 누비면 금방 사그라든다.

또 볼링이 좋겠다. 아들이 초등학교 때 아내가 배워놓은
덕에 멋진 폼으로 볼링을 하는데 손목이 아파서 그동안
안 했었다. 다시금 운동해 가면서 조금씩 시도해 보면 좋
을 거 같다. 베드민턴이나 원반던지기는 집 앞이 호수공
원이니 맘만 먹으면 언제든지 할 수 있는 건데 게으른
탓에 여태껏 기회를 만들지 못한 거 같다. 이제부터 이러
한 것들을 잘 계획해서 함께하면 바빠서 화내거나 실망
할 시간이 없을 거 같다.
생각만 해도 벌써 마음이 뿌듯하다. 여기에 하나 더 새롭
게 배워보는 스포츠도 있으면 좋겠다. 늘 해보려고 했었
는데 기회가 없었던 당구를 시작해야겠다. 포켓볼도 좋
고, 4구도 좋을 거 같다. 그간 실력 차 때문에 지겨울 것
같아서 시작하지 못했는데 집에서 투덜거릴 걸 생각하면
금세 해결될 것 같다. 그렇지만 한편으로는 운동을 하지
않는 시간이 있어 걱정은 된다. 나는 뭘 생각하든, 뭘 하
든 긍정으로 다가가려고 노력한다. '밥 먹고 벌러덩 눕지
말라'라고, 얘기하기보다는 '밥 먹고 나면 차 한잔하자'라

고 권유하는 얘기를 하려고 노력한다. 하지 말라는 부정보다는 하자는 긍정, 그리고 미래에 어떻게 연결될지 모르는 현재를 그냥 보내기보다는 뭔가를 하면서 보내자는 행동주의자를 지향한다. 아내도 그 점은 같이하면 좋겠다는 생각에 설득할 방법을 찾는데, 법륜스님도 별다른 비법 없이 그냥 내버려 두라고 하니 언젠가는 알아주길 바라면서 눈 부라리지 않고, '아내는 하느님이다'생각하고 지내볼 심산이다.

여전히 아내가 아침부터 쏟아놓는 한마디 한마디가 내 마음을 간지럽히지만 마음먹은 대로 아내와 친해질 수 있을 거로 생각한다. 회사 생활에서 변화는 고난이기도 했지만 목표이기도 했다. 주어진 목표는 늘 달성했기에 여기까지 오지 않았는가? 지금 변화를 멈추면 안된다. 회사든 집이든 늘 나를 변화시키고 적응시켜 나갈 것이고, 하나씩 이뤄가는 것도 재미있을 것이다.

7

이런저런 생각들

내일을 꿈꾸는 건 오늘 할 일을 생각하거나 지난 시간을 되돌아보는 거로 시작되는 것 같다. 퇴직을 해서 아침 일과에 쫓기지 않고 눈을 떠 조용한 세상을 만나면 이런저런 생각들을 한다. 어느 날은 여태 어떻게 살아왔는가? 되짚어 보기도 하고, 어떤 날은 인터넷 뉴스를 보며 귀감이 되는 글귀에 나는 뭘 생각하며 살았나? 인생 중심어를 찾아보기도 한다. 이런 생각들을 몇 가지 정리해 보고 싶다.

먼저 '물에 빠진 사람 건져줄 때는 보따리 내놓으라 하기 전에 먼저 챙겨줄 생각을 해라'라는 생각을 마음에 두고 사는 얘기를 하고 싶다. 언제부터인지 알 수 없지만 아들을 비롯해 주변 분들이 실망하는 모습들을 볼 때 함께 세상을 한탄하기도 하지만 이왕 베푼 거 좀 더 이해해 주면 좋겠다고 생각하며 속담을 조금 바꿔서 마음에 새겨두고 실천하고 있는 말이다.

회사에서 보면 새롭게 하는 건 경험이 없어서 진행 중에 문제가 많이 생기는 게 보통이다. 직원이 어떤 새로운 프로젝트를 해보겠다고 했을 때 그러라고 해놓고, 프로젝트 진행 중에 문제가 생기면 '해보겠다고 했으면 책임지고 문제없이 해내야지!' 하며 야단을 치는 경우를 봤다. 그런데 좀 더 생각해 보면 처음 하는 게 어려워 문제가 생기는 게 당연한 거니 미리 대비토록 같이 검토하고 윗사람으로서 예방책을 마련해줘야지 '네가 해본다고 했으니 잘해내겠지…….' 혹은 '문제없이 잘 해내라고 승인한 거다'는 식으로 생각하면 실망하는 순간이 필연적으로 발생할 거다. 물에서 건져낸 사람이 자기 보따리 달라고 하기 전에 이제 새 삶을 잘 살아라며 먼저 보따리 챙겨주는 마음으로 이런 새로운 프로젝트는 어려우니 같이 고민해 줄 수 있는 고참을 멘토로 지정해 준다거나 관련 부서와 합동 중간 점검 회의를 마련한다거나 등을 고민하고 배려해 줘야 한다. 마음먹는다고 다 되지는 않지만 늘 그렇게 하려고 했다.

다음으로는 왜 남자는 여자한테 쥐여사는가? 을 생각해 본 적이 있는데 이 얘기를 하고 싶다. 아버지 세대를 바라봤을 때 늘 큰소리치며 사셨고, 조선시대를 남존여비의 시대라고 하듯이 여태껏 남자들이 여자한테 큰소리치며 살았었는데 지금 나를 비롯해 내 주위 사람들은 모두 아내 혹은 여자친구의 한마디에 끽소리 못 하며 산다. 언제부터 여자들 비위를 맞추며 살게 되었을까? 궁금했다. 멀리 생각할 거 없이 내가 왜 그렇게 사는가 생각해 보면 얼추 비슷하지 않을까? 하는 생각에 과거를 더듬어 본다. 아버지 세대의 고생으로 잘 사는 나라와 함께 낭만도 우리들 삶에 찾아왔다. 여지까지는 집안과 집안의 만남이거나 중매에 의해 스펙이 기준이 되는 남녀 간의 만남이 70년대 찾아온 낭만과 함께 사랑으로 만나는 사이가 되었다. 딱히 언제라고 얘기할 수 없지만 제 세대부터 두드러졌다고 볼 수 있다.

 대학교 신입생의 풋풋하고 싱그러운 시기에 치마를 두른 여학생을 만나는 것은 최고의 낭만으로 생각되었고, 그런 마음으로 쫓아다니기 시작한 데이트는 사랑이라는 미명하에 여자 비위를 잘 맞추는 나로 차근차근 훈련시켰다. 사랑의 사전적 의미는 '다른 사람을 애틋하게 그리워하고 열렬히 좋아하는 마음, 또는 그런 관계나 사람'이다. 그렇지만 실제로는 그렇게 단순하지 않다. 데이트하는 동안 시시각각 돌변하는 마음을 못 맞춰준다고 쪼끔만 비위 거스르면 "나를 사랑하는 거 맞느냐?"고 다그치니까 두말 못 하고 마음을 삭여가며 비위 맞추기 훈련에 몰입했던 거 같다. 사랑에 정답이 있으면 학점 받듯이 몰아치기를 하면 잘할 수 있을 텐데 어떨 때는 이렇게 해주는 게 사랑이고 어떨 때는 반대로 해주는 게 사랑이라고 하니 도대체 잘할 수가 없고, 야단을 피해 갈 수가 없다. 차라리 그녀가 기분 좋기를 기원한다. 그러면 만사 오케이였으니까.

최은영 씨의 '밝은 밤' 소설을 읽어보면 남자들 기준으로 마련된 세상에 태어나서 어린 시절 홀대받고 자라고, 전쟁을 맞게 되어 이리저리 쫓기는 삶을 살다 보니 제대로 생각을 추스를 사이도 없어서 딸에게까지 남존여비의 사상을 고스란히 넘겨주고, 손녀를 만나서야 겨우 너는 오롯이 한 인간으로 살라고 가르치는 그런 역사를 얘기한다. 딸이 제 또래이므로 시차가 있지만 손녀에게 가르치는 세상이 '남자가 여자한테 쥐여사는 세상'이다.

생각을 정리해 보면 사랑으로 남녀가 만나면서 여자들이 그때그때 기분에 따라 달라지는 사랑 타령을 하여 남자들이 여자들의 비위를 맞추며 살게 된 거 같다. 즉 혼자 사는 남자들은 아직도 꿋꿋이 할 말 하고 살 것을 주장하고 있다. 그렇지만 그건 세상을 반쪽밖에 모르는 것이므로 부럽지는 않고, 쪼금 불만을 가지는 것은 나까지는 삼종지도(三從之道)의 세상에 살게 해줬길 바라는 마음 정도이다.

마지막으로 2~3년 전부터 노력하고 있는 '구슬이 서 말이어도 꿰어야 보배다'라를 지침을 얘기하고 싶다. 시스템, 리더 이런 역할에 가장 중요한 것이 꿰는 것이다. 여러 사람과 얘기해 보니 엔지니어 측면에서는 꿰는 걸 싫어한다. 전공이라는 용어를 좋아한다. 그래서 이것저것 꿰기보다는 한 우물 판다는 생각을 한다. 그런데 세상은 자꾸 이 이야기 저 이야기 또는 이 기술 저 기술 들을 꿰어 나가는 것 같다.

대표적으로 기계학(Mechanics)과 전자공학(Electronics)을 합한 메커트로닉스(Mechatronics)라는 전공이 자리 잡은지 오래다. 냉장고에 티브이가 합해져서 주부들의 편의성을 제공하고 있고, 유튜브를 티브이에서 볼 수 있는 것도 기술들을 꿴 통합 현상의 하나다. 이렇듯 앞으로의 상품이나 생활 그리고 직업군과 학과목은 통합 추세인 것이 분명하다. 그런데 우리 맘은 어떤가? 이러한 변화를 따르지 않고, 전공이라는 구슬 찾기를 고수하고 있지는 않은가 싶다. 제품을 개발은 기능과 가격 그리고 품질을 골고루 좋게 하는 데 중점을 둔다. 어느 한쪽도 포기할 수 없기 때문이다. 이러한 목표로 개발하는 과정을 겪어 보면 매번 이 말을 생각하지 않을 수 없다.

기능을 좋게 하는 구슬과 원가를 낮추는 구슬 그리고 품질을 좋게 하는 구슬을 엮기 위한 매 순간의 노력이 곧 개발 과정이다. 이러한 역할들을 잘 수행하는 직원들이 대체로 프로젝트 매니저이고 부서로 보면 설계이다. 그래서 누가 이 제품을 개발했느냐 물으면 다들 역할을 하기는 했지만 진정 이 제품을 개발한 사람은 시스템엔지니어나 프로젝트 매니저라고 생각한다.

살아가는 데도 본가의 아들로서 처가의 사위로서 아내의 남편 그리고 아들의 아버지로서 엮어야 할 구슬이 있다. 시간 할애도 그렇고, 용돈 나누어 쓰는데도 고민이 필요할 때가 있다. 어떻게 하면 적절히 배분되어 모두가 좋아할 수 있을까 생각하는 순간이 많다. 골프 가지 말고 손주랑 놀아달라는 순간도 있고, 입고 싶은 옷 사지 말고 아껴서 생활비를 하자고도 한다. 이때 나는 어느 한쪽을 포기하기보다는 이런저런 이유들도 살펴보고, 마음이 편하면 일도 잘 풀린다고 달래보기도 하는 과정을 힘들다고 생각하지 않고 펼쳐 나간다. 구슬을 엮는 과정이고 잘 해내는 게 재주라고 생각하여 슬기롭게 풀어나가면 어떠한 결과에도 기분이 좋다.

그렇지만 이걸 엮는다고 생각하지 않고, 반대하는 의견이라며 싸워 이기려고 하면 결과가 어떻든 기분이 좋지는 않다. 꿰는 것 자체를 성과로 생각할 수 있어서 현상을 받아들이고 노력하는 과정이 가치 있고 결과에 분노하지 않고 승복할 수 있기 때문이다.

퇴직 후 여유가 생긴 만큼 이런저런 생각을 많이 할 것이다. 생각을 정리하는 방법으로 글쓰기를 택했다. 글 쓰는 법을 배우는 과정에서 혼란스러운 마음도 사라질지도 모른다. 그만큼 풍요로워질 것을 기대한다.

반갑다!

퇴직!

은퇴 이후의 삶도

나만의 커피 맛을 찾아가는 시간과 똑 닮았다.

이 명 희

그림책에서 인생을 배웁니다

작가소개 이명희

그림책으로 새로운 인생을 즐기고 있습니다. 제자리걸음에서 한 걸음씩 그림책으로 내디디며 성장합니다. 인생의 다양한 맛을 그림책으로 느끼며 글을 씁니다.

그림책에서 인생을 배웁니다

이 명 희

1. 착한 아이 그림자
   - 참! 잘했어요 《착한 아이 사탕이》
     '착한 아이 증후군' 그림책 큐레이션
   - 타인의 시선속에서 《줄무늬가 생겼어요》
     '남의 시선' 그림책 큐레이션

2. 족쇄의 두드림
   - 숨 쉴 공간이 필요해요
   - 《무슨 일이일어날지도 몰라》
     '불안 극복' 그림책 큐레이션
   - 나 때문에 《나 때문에》
     '책임' 그림책 큐레이션

3. 프레임 탈출
   - 까마귀가 늘 까맣기만 한 건 아니지
     《나는 까마귀》
     '프레임 탈출' 그림책 큐레이션

4. 나를 찾아서
   - 내가 원하는 것은 무엇일까? 《나를 찾아서》
     '나 & 재능' 그림책 큐레이션

1

착한 아이 그림자

참! 잘했어요
《착한 아이 사탕이》강밀아 글, 최덕규 그림 / 글로연

바쁜 걸음걸이, 유난히 빠르게 지나가는 버스와 자동차로 펼쳐지는 분주한 아침거리. 하루의 시작을 위해 열심히 걸어가던 사람들이 빵 냄새에 이끌려 하나둘씩 가게 안으로 들어왔다. 달콤한 침샘을 자극하며 저절로 발 길이 냄새 따라 걸어가는 곳은 어릴 적 내가 살았던 가게 딸린 우리 집이었다. 다섯 개의 회색 직사각형 알루미늄 문이 사라지면 깨끗한 창 너머로 하얀 앞치마 차림으로 밀가루를 만지기 시작하는 듬직한 곰, 아빠 모습이 보였다. 콧구멍 벌렁거리며 입 안에 침이 고이게 하는 빵 냄새가 온 집안에 스며들었다. 갓 구운 빵을 금방 먹는 수 있는 행운을 그때는 몰랐다. 빵집을 지나가면 나는 아빠에 대한 추억과 그때 먹었던 따끈한 빵에 대한 추억이

침샘을 자극하였다. 아빠가 반죽한 밀가루가 봉긋한 가슴처럼 부풀어 오르기를 기다리는 동안, 엄마는 아침 준비로 정신없었다. 우리 가족은 손님이 들이닥치기 전 늦은 아침을 빠르게 먹었다. 밥이 코로 들어가는지 입으로 들어가는지 생각할 시간 없이 빠르게 손을 움직였다. 그 때문인지 지금도 밥은 고속도로를 달리는 자동차만큼 빨리 먹는다. 손님을 맞이하는 엄마 모습은 늘 밝다. 우리 엄마가 맞냐는 생각이 들 정도로 가족보다 손님한테 더 반갑게 맞이하며 활짝 핀 꽃처럼 생기가 넘쳤다.

돈 버는 것이 쉬운 일이 아니라는 사실을 그때는 몰랐다. 지금 생각해 보니 우리 가게 마케팅은 '친절과 부지런함'이었다. 거북이처럼 부지런하게 밤낮으로 일했으며 근면과 성실은 엄마·아빠의 이미지가 되었다. 그런 엄마·아빠를 보며 내가 할 수 있는 유일한 효도는 두 분이 걱정하지 않도록 모범적이며 바른 생활이었다.

좁디좁은 부엌에 쌓여만 가는 빵 도구와 그릇이 수북이 쌓이면 엄마는 나를 불렀다. 바쁜 엄마·아빠 대신 설거지 몫은 내 차지였다. 동생들은 어려 내가 나서야 했다. 막다른 골목처럼 좁은 부엌에 쭈그리고 앉아 나보다 큰 도구를 씻고 나면 온몸에 땀이 흥건했고 허리가 끊어질 듯 아팠으며 다리에 쥐가 났다. 코에 침을 발라가며 한 다리를 쭉 펴고 다시 설거지를 마치고 나면 대견스러운 듯 나를 바라보는 엄마·아빠 모습에 그저 흐뭇했다. 내가 두 분을 위해 뭔가를 했다는 뿌듯함에 어깨에 절로 힘이 들어가고, "참 잘했어요!" 칭찬 도장 받았다는 기분이 들었다. 그렇게 부모님 일을 도와주고 나면 마음 놓고 자유롭게 놀 수 있었다. 그날은 양말에 구멍이 나도록 고무줄뛰기 하고 얼음 땡 놀이하면서 목줄 풀어놓은 강아지처럼 폴짝폴짝 뛰면서 날아다녔다.

생애 주기에 따라 나 또한 초등학생을 지나 중학생이 되고 고등학생이 되었다. 여전히 가게 일을 돕고 있었지만, 손님을 상대하기에는 남모를 고통이 따라왔다. 당찬 성격인 엄마와는 달리, 난 아주 내성적이며 소심한 아이였다. "어서 오세요."라는 말이 입 밖으로 나오기까지 수많은 생각과 할까 말까 고민 끝에 기어들어가는 목소리로 말했다. 상대방 눈을 바라보지 못했고 늘 고개를 숙이며 가능하면 피해 다녔다. 다른 사람이 나에게 뭔가를 물으면 "모르겠어요." "못하겠어요"라는 대답을 입에 달고 살아 그 모습을 싫어했던 엄마는 나를 보면 한숨을 쉬곤 했다.

그냥 괜찮다며 안아주었으면 좋으련만 그렇게 해달라고 어리광 피우며 말하지도 못했다. 혹여나 내가 말을 잘못해서 혼날지도 모른다는 두려움에 다른 아이처럼 쉽게 시원하게 말이 입 밖으로 나오지 못하고 맴돌았다. 그럼, 이제 내가 엄마·아빠를 위해 할 수 있는 것이 무엇인지 고민 끝에 내린 결론은 남들에게 가십거리가 되지 않은 모범생 모습과 좋은 성적뿐이었다.

성적이 생각보다 좋지 않자, 엄마는 답답하고 다급해졌다. 아무래도 가게 일을 하다 보니 또래 엄마들 이야기는 아이 성적 이야기가 우선이었다. 가게 일로 자식 공부에

신경 쓸 시간이 없었던 엄마는 내 의사와는 상관없이 이웃 사람들이 추천하는 학원에 나를 보냈다. 낯을 많이 가렸던 내가 지금보다 당당해지길 바랐던 엄마는 웅변학원으로 밀어 넣었다. 지금의 연설(스피치 Speech) 학원이라 생각하면 이해하기 쉽다. 상대방에게 내 의사를 자신 있게 말하는 방법을 연설문과 같은 원고를 큰 소리로 읽는 수업이었는데 정말 싫었다. 연설하는 원고 내용은 학생마다 다 비슷했고 돈 내고 고함지를 수 있는 합법적인 공간일 뿐이었다. 조금만 내 의견을 들어주길 바랐는데 소용없었다. 대학 입시 시간이 다가오면서 본드 바른 것처럼 궁둥이 붙이고 앉아있는 시간이 길어졌다.

할 만큼 한다고 생각하는데 성적은 요지부동이었다. 지금 생각해 보면 난 공부하는 방법을 몰랐다. 누구한테 물어볼 생각도 하지 않았고 혼자 해결하려고 했다. 그래도 노트 필기 하나는 잘했기에 다른 친구가 와서 노트를 빌려 간 적은 있었다. 공부하는 시간이 길어지고 학원도 다니고 하니 당연히 성적이 좋을 거라는 부모님 생각과는 달리 성적은 크게 오르지 않았다. 대학 입시가 다가오면 우리 집은 바빠진다. 아빠가 만든 찹쌀떡은 불티나게 팔렸고 이제는 내가 그 찹쌀떡을 먹으며 합격 기원할 차례가 되었다. 첫 수능시험이라 언론에서는 연신 떠들었고 수험생들은 처음 치는 시험에 보이지 않는 신경전이 시작되었다. 시험 지문은 보통 한 장이 넘어갈 정도로 길었고 잠시 놓치면 시험 문제를 다 풀지 못하는 경우도 생겼다. 긴 시험지와 싸움이 끝나는 것도 잠시, 곧 답안을 공개하는 EBS 방송 앞으로 집중되어 아직 자유를 만끽하기에는 일렀다. 두근거리는 심장 소리는 커지며 파르르 떨리는 손 사이로 느껴지는 축축함은 예상한 점수보다 더 낮게 나오면서 시험지 종이에 툭 떨어졌다. 그 결과, 사람들이 얕보고 무시하는 학교에 입학했고 죄인처럼 사람을 피해 다니는 투명 인간이 되었다.

 강밀아가 쓰고 최덕규가 그린 《착한 아이 사탕이》 그림책 책 표지를 보면 이상한 부분이 보인다. 노란색 바탕에 다소곳하게 두 손 모아 예의 바르게 서 있는 아이와는 다르게 그림자는 비딱하게 서 있다. 그림자는 사람 모습 그대로 실루엣을 보여주는데 이 그림자는 아이보다 작으며 공손하지 않다.

주인공 사탕이는 언제나 엄마·아빠 말을 잘 듣는 착한 아이다. 넘어져도, 동생이 괴롭혀도, 좋아하고 갖고 싶은 것이 있어도 한 번도 눈길 주지 않았다. 사탕이는 착한 아이니까. 사탕이는 나처럼 속마음과는 전혀 다르게 부모님이 원하는 대로 행동한다. 어느 날 밤, 사탕이가 착하게 자고 있는데 사탕이 그림자가 사탕을 깨웠다.

"넌 왜 네 마음이랑 다르게 행동하니? 그동안 내가 얼마나 힘들었는지 알아?"

"그건……. 나는 착한 아이라서 그래. 착한 아이는 그러면 안 되거든."

"뭐, 착한 아이는 그러면 안 된다고? 아니야! 착한 아이도 울고 싶을 때는 울고, 화날 땐 화내도 되는 거야."

 사탕이 그림자가 사탕이에게 한 말에 눈물이 주르륵 쏟

아졌다. 눈물, 콧물이 뒤엉킨 채 루돌프 코처럼 빨개질 만큼 풀고 또 풀었다. 어릴 적 난 사탕이처럼 내 감정에 솔직하지 못했다. 그저 부모님이 걱정할까 봐 전전긍긍하며 속앓이한 것은 "참! 잘했어요."가 아니라 자신을 괴롭히는 행위였다. 내가 생각했던 효도는 엄마·아빠의 칭찬이 아닌 무거운 짐이었다. 그때 내가 힘들다고 엄마나 아빠한테 조금이라도 이야기했더라면 그 중압감이 이토록 나를 괴롭히지는 않았을 텐데. 누군가에게 속마음을 털어놓지 못한 내가 원망스러웠다.

《나는 까칠하게 살기로 했다》(양차순 지은이/다산북스) 책 저자는 "내 편에서 먼저 거부당하고 상처받는 것에 대한 두려움을 내려놓는 것이다. 자기 자신과 화해하고 잘 지내야 한다."라고 말한다. 어릴 적 나는 부모에게 당하고 상처받는 것이 두려워 착한 아이 '사탕이'가 되었다."참! 잘했어요."를 듣기 위해 내 감정을 속이며 나를 받아들이지는 못했다. 어른이 되고 엄마가 되면서 내 아이 만큼은 '착한 아이 사탕이'가 되길 원하지 않았다. 무조건 엄마·아빠가 원하는 대로 행동하는 게 아니라 네 감정에 솔직해야 한다고 늘 말한다. 편하게 말할 수 있도록 해주는 분위기는 아이에게 큰 용기를 준다.

 누군가가 날 믿고 내 편이 되어준다고 생각하면 당당하게 자신의 감정을 들여다보고 용기를 갖는다. 콤플렉스에 대해 언급하며 극복하는 방법도 제시한다. '착하다'는 소리를 듣기 위해 자신의 감정을 표현하지 못하고 부모님 말을 무조건 따르고 있다면 그림책으로 그건 부모를 위해서도, 자신을 위해서도 좋지 않다는 것을 알려줘야 한다. 다행히 요즘 나오는 그림책에는 '착한 아이 증후군' 콤플렉스에 대해 언급하며 극복하는 방법도 제시한다. 말로 표현하기 어렵다면, 그림책으로 자연스럽게 알게 되는 방법도 있다.

['착한 아이 증후군 ' 그림책 큐레이션]
《착해야 하나요?》
로렌 차일드 글, 그림/장미란 옮김/책읽는곰 2021
《착한 달걀》
조리 존 글, 피트 오즈월드 그림/김경희 옮김/길벗어린이 2022
《제제벨》
토니 로스 글, 그림/민유리 옮김 /키위북스 2020
《비율 다리와 착한 아이》
데이비드 스몰 글, 그림/최순희 옮김/느림보 2005

타인의 시선 속에서
《줄무늬가 생겼어요》 데이비드 섀넌 글, 그림/비룡소

나는 죄인처럼 대학에 다녔다. 다른 사람한테 자랑할 수 있는 학교가 아니었기에 부모님 눈치와 타인의 시선은 파릇파릇한 젊은 시절을 어두운 세상으로 안내했다. 뭘 그렇게 잘못했는지 나 스스로 죄인처럼 취급했다. 고등학생처럼 집, 학교, 집으로 오가며 엄마·아빠 심기를 건드리지 않으려고 부단히 노력했다. 장학금을 받으면 뭔가 나을지도 모른다는 생각에 4.5점 학점에 매달렸다. 다행히 장학금을 놓치지 않았지만 당연하게 생각하는 부모님 생각에 쓰디쓴 아픔이 밀려왔다. 붙잡을 시간도 없이 시간은 흘러갔고 내 미래에 대해 고민하는 시간이 다가왔다. 아직 뭘 해야 할지 결정하지 못한 상태에서 취업 생각은 찜찜했다. 더구나 그 시절 취업 조건은 공부보다는 외모가 우선이라 현실적으로 취업이 어려웠다. 키가 크고 날씬한 동기들은 학점이 그다지 높지 않아도 교수 추천을 받아 현장 실습을 나갈 수 있었고 더 좋은 조건으로 스카우트 제의를 받기도 했다. 회사에서 바라는 조건에 밀려난 나와 동기들은 앞으로 무엇을 할지 고민이었다. 마침 한 선배가 '편입 '이야기를 꺼냈다. 편입으로 원하는 학교에 갈 수 있고 원하는 공부를 계속하며 미래에 대한 생각을 조금 지연시킬 수 있다는 희소식이었다. 다만 편입이 수능시험보다 더 치열하고 힘드니 각오하고 시작하라는 조언을 아끼지 않았다. 말로만 듣고는 잘 몰라 편입 전문 학원을 알아보았다.

집에서 한 시간가량 떨어진 곳으로 고시학원이 많은 지역 골목에 편입 학원이 줄지어 서 있었다. 그 중에서 편입으로 유명한 학원을 방문했다. 강의실보다 더 큰 교실에 수많은 수험생이 분주하게 움직이며 공부하고 있었다. 입시 학원에 다니지 않았던 내 눈에는 이 모습이 낯설었다. 벽에는 대학교별로 입시 정보가 다닥다닥 붙여졌다. 꿀을 찾기 위해 열심히 날갯짓하며 꽃을 찾으러 가는 벌들이 여기에 모여 있었다. 상담실에서 들은 내용은 내 머리를 멍하게 했다. 문과와 이과 과목으로 나뉘는데 주로 영어와 수학 그리고 국어가 주요 과목이며 대부분 수험생 시험이 만점에 가까우므로 면접으로 당락을 결정 지으니 필기와 면접을 잘 보도록 공부하며 학원에서 주는 정보를 꼭 메모했다가 이용하라고 했다. '편입' 목표가 생기자, 의욕이 불타기도 했지만, 한편으로는 타인의 시

61

선과 내가 끝까지 해낼 수 있을지 시작도 하기 전에 불안이 엄습했다. 내 인생이 바뀔 수 있다는 기회를 놓친다면 크게 후회할 것 같아 고3 때 보다 더 열심히 집중하였다.

더웠던 날이 지나가고 매서운 추위가 느껴질 때, 편입시험 시간이 다가왔다. 세 군데 원서 서류를 작성하면서 이해할 수 없는 대학 원서 응시료에 치를 떨며 시험 쳤다. 한 번에 합격하면 좋으련만 그런 기쁨은 나에게 사치인 듯 계속 떨어지다 한 곳만 남았다. 희망을 놓고 싶지 않았던 나는 마지막 시험을 치고 면접 본 후 발표날만 초조하게 기다렸다.떨리는 마음으로 합격 명단 벽보를 보면서 쉴 새 없이 내 이름 찾기 시작했다. 아래로 계속 시선이 내려가는 그때, 드디어 내 이름이 보였다. 다시 한번 더 확인한 결과 분명 내 이름이었다. 기쁨을 만끽하며 당당하게 집으로 돌아와 부모님께 결과를 말했다. 이제야 엄마·아빠 표정도 밝아지면서 그렇게 어두웠던 내 미래가 터널 속을 빠져나오고 있었다.

숨구멍이 조금 트이기 시작한 대학 생활은 생각보다 길지 않았다. 예전과 달라진 내 행동에 엄마는 적지 않은 충격을 받은 듯했다. 귀가 시간이 늦어지고 가게 일도 리포트나 동아리 핑계 대면서 도와주지 않자, 쌓여져만 가던 엄마 불평은 화산처럼 폭발했다. 내 처지를 이해해 주지 못하는 엄마와 엄마 입장을 이해하지 못하는 내가 맞붙으면서 차가운 언성이 집안을 썰렁하게 했다. 아빠가 중재자로 나섰지만, 한계가 있었다. 대학 친구들은 하나

같이 나보고 늦은 나이에 사춘기라며 웃곤 했지만, 엄마 손바닥에서 벗어나지 못하는 나 자신이 너무나도 싫었다. 더구나 "두 사람은 상극이라 좀 떨어져 있어야 해."라고 말한 점쟁이 말이 계속 내 귀에 맴돌아서인지 며칠이라도 좋으니, 엄마와 좀 떨어져야겠다는 생각이 머리에 가득 찼다. 내 간절함이 통한 걸까? 마침 학교에서 미국으로 워킹홀리데이 갈 수 있는 프로그램이 생겼다. 학점이 인정되는 만큼 지원자는 4.0 이상의 성적과 1차 필기시험, 2차 면접을 통과해야 참가할 수 있었다. 약 일 년 정도 미국에 머물 좋은 기회였다.

시험에 떨어지면 부끄럽다는 생각에 식구들 몰래 지원했고 지원한 동기들 또한 모두 경쟁자였기에, 보이지 않는 경쟁으로 학과 분위기는 서늘했다. 15명이 지원했으며 1차 필기시험과 2차 면접시험을 같은 날 동시에 보았다. 필기시험은 그다지 어렵지 않았지만, 면접시험은 걱정이었다. 지도교수와 외국인 교수 두 명이 참석하여 면접 보는 거라 어떤 질문에 당당하게 말할 수 있을지 예상 면접 질문을 뽑아 외우기에 바빴다. 가능하면 쉬운 단어로 자연스럽게 대답하는 것이 유리하다고 생각한 나는 지원한 동기, 미국 생활에 대한 각오, 그리고 한국으로 돌아왔을 때 앞으로 어떻게 할지에 대한 문제로 연습하고 또 연습하였다.

면접 볼 때 어떻게 생각해서 대답했는지 기억이 나지 않을 만큼 창백해진 내 모습에 동기들 또한 바짝 긴장하며 시험을 치렀다. 일주일이 지나고 프로그램에 대한 합격이 발표되었다. "야! 워킹홀리데이 가는 인원 발표 났어. 어서 가 보자!" 두근거리는 심장을 진정시키려는 생각과는 달리 두근거리는 속도만큼 내 발은 빠르게 전진했다. 뚫어져라 쳐다보는 합격자 명단의 밑에부터 훑어 올라갔다. 딱 중간에서 내 눈은 멈추었고, 내 이름을 확인했다. 최종 합격자 명단에 있는 내 이름을 한 번 더 확인한 후 승리의 미소로 자축했다. 2학기부터 프로그램이 진행되기에 여름 방학 동안 준비해야 했다.

1학기 기말시험이 끝나고 집에 미국으로 가게 된 이유를 말하며 허락을 구했다. 엄마와 적당한 거리 두기를 위해 간다는 말은 빼고 해외 경험을 쌓고 싶었고 돈은 따로 필요 없다며 내가 꼭 가야 함을 어필했다. 생각보다 엄마·아빠는 어렵지 않게 허락해 주었고 난 소중하게 간직한 쌈짓돈을 여기에 투자했다. 비행기 삯과 숙소 값은 학교에서 지원해 주기 때문에 생활비만 환전해서 가면 되었다. 아르바이트로 모아 둔 100만을 환전하며 그렇게 미국에 대해 전혀 알지도 못한 채 비행기에 몸을 실었다.

자유의 나라, 선진국의 대명사인 미국은 내가 생각한 것만큼 아름다운 곳은 아니었다. 보이지 않는 인종 차별은 있었고, 미국 시민권을 얻기 위해 사람을 이용하거나 한국에서 볼 수 없었던 동성 커플과 총기 난기 사건을 직접 경험하면서 다른 행성에 온 듯 했다. 내가 있던 곳은 남부에서도 제일 끝에 있는 섬, 휴양지였다. 은퇴해서 온 사람이 많았고 관광객들이 많았다. 그들이 동양인을 바라보는 시선과 태도는 나를 불편하게 했다. 지금이야 K-한

류 문화가 방탄소년단 음악으로 좋은 이미지이지만, 그 당시에는 'South Korea'를 전혀 알지 못했다. 그런 나라도 있냐는 식으로 바라보는 눈빛은 지금도 잊을 수 없다. 다양한 문화 체험을 하며 힘들기도 했지만, 무엇보다 좋았던 것은 타인의 시선 때문에 내가 하고 싶은 행동에 제한을 받지 않는 부분이었다. 미국에서는 남의 사생활에 크게 관여하지 않았다. 그래서 한국에서 온 여성들이 한국으로 들어가기를 싫어한다는 소리를 종종 들었다.

 타인의 시선 때문에 하지 못했던 일들을 여기서는 방해받지 않고 할 수 있었다. 새로운 내가 탄생할 수 있다는 생각도 들었다. 다만 미국 사람들에게 너무 자신을 다 알리지 말라던 주의점을 명심하며 미국 문화에 조금씩 익숙해졌다. 그렇게 미국 생활이 끝날 무렵 동기들은 미국에 남아 어학연수를 다니거나 미국 여행을 좀 하다 간다는 부러운 소리가 들려왔다. 미국 생활하면서 절대 부모님 손을 빌리지 않겠다는 신념이 있었기에 경제적으로 힘든 나는 더 이상 미국에 머물지 못하고 한국으로 돌아왔다.

 미국으로 가 있는 사이 엄마와의 거리는 조금 좁혀졌다. 어색한 포옹이었지만 엄마는 나를 반겼고 한국 생활은 다시 시작되었다. 2학기가 시작되는 가을이면 대학교 생활이 시작되고 2월이 아닌 8월에 졸업할 수 있었다. 일주일이 지나고 이제 한국 시차에 적응되면서 2학기 대학 생활을 기다리는 동안 가게 일을 도왔다. 미국으로 간 이유 중 하나가 내성적인 내 성격을 바꾸는 것도 있었기 때문에 예전보다 조금 밝아진 표정으로 손님을 대했다. 반가운 이웃들은 그동안 어디 갔냐면서 말하는 끝에 "그래, 유학 갔다 왔다고? 영어 잘하겠네. 취업은 이제 문제 없겠다."라는 엉뚱한 소리에 놀란 눈동자와 긴 한숨이 절로 나왔다. 엄마한테 어떻게 된 것이냐고 물었지만 "워킹 날인가 뭔가 그게 어학 연수이지 않니?" 라는 엉뚱한 질문으로 내 하소연은 쑥 들어가 버렸다. 다르다고 이야기해 봤자 엄마한테는 그게 그거였다. 이제 좀 타인의 시선에서 벗어나 새로운 나로 도전하려고 했던 결심과는 달리, 난 또 다시 타인의 시선을 의식했던 내성적이고 소극적인 아이로 되돌아갔다.

데이비드 섀넌이 쓰고 그린 《줄무늬가 생겼어요》 그림책은 타인의 시선으로 힘들어하는 카밀라 이야기다. 카밀라는 아욱 콩을 무척 좋아한다. 하지만 친구들이 아욱 콩을 다 싫어하기 때문에 먹지 않는다. 학교 가는 첫날, 옷을 42 번이나 갈아입었는데도 맘에 드는 옷을 고르지 못하다가 온몸이 알록달록한 줄무늬로 변해버린다. 학교에 간 카밀라는 놀림을 당하고 몸 무늬가 계속 바뀐다. 놀란 부모님은 의사 선생님을 불러 진료하고 약 처방을 받지만, 카밀라의 모습은 더 악화되고 흉물스러운 모습으로 자꾸만 바뀐다. 의사 힘으로 치료되지 않자, 과학자들이 와서 진단하고 치료하지만 점점 더 흉측스럽게 변해버렸다. 카밀라 이야기는 세상에 알려지고카밀라는 밖으로 나가지 못한 채 괴물로 변해간다. 결국 카밀라는 벽과 한 몸이 되면서 희망이 보이지 않았다. 여러 분야의 수많은 전문가가 와서 치료했지만 어떤 치료법도 통하지 않는다. 절망에 빠질 무렵, 뜻밖에도 아주 인자한 차림의 할머니가 와서 카밀라가 그토록 좋아하는 아욱 콩을 먹으면 본래 모습으로 돌아갈 수 있다고 한다.

벽이 된 카밀라는 무척 먹고 싶었지만 또다시 남들 시선 때문에 고민하며 거절한다. 할머니가 돌아가려는 순간, 카밀라는 큰 용기를 내어 그토록 좋아하는 아욱 콩을 삼킨다. 그 순간 카밀라는 마법처럼 본래 자기 모습으로 돌아왔다. 타인의 시선 때문에 좋아하던 아욱 콩을 먹지 않았던 카밀라는 이제 달라졌다.여전히 타인의 시선을 의식하지만 당당하게 자신이 좋아하는 아욱 콩을 먹으며 미소 짓는다.

《지식인의 옷장》 저자 임성민은 다음과 같이 말한다.

"패션의 완성은 옷이 아니라 자신감 있는 표정이다." 흔히 우리가 알고 있는 패션의 완성은 얼굴이나 다이어트 한 몸매가 아니라 내가 세상에서 제일 멋지다고 생각할 수 있는 당당한 자신감이라고 말한다. 카밀라가 마지막 장면에서 활짝 웃으며 아욱 콩을 맛있게 그리고 즐겁게 먹는 것처럼 나 또한 카밀라의 당당함이 필요하다. 내가 좋아하는 것, 내가 진정으로 하고 싶은 것을 인정하고 용기 내는 연습이 필요하다.

'어쩌라고, 내 맘이지.' 광고 문구처럼 타인의 시선을 맞설 수 있는 당당함이 절실하다. 물론 당장 행동으로 옮기기에는 어렵다. 평생을 내성적이며 소극적으로 지내왔는데 하루아침에 외향적이며 적극적으로 변하기는 어렵다. 그러나 카밀라가 남의 시선 때문에 흉측한 모습에서 본래의 모습으로 돌아온 것처럼 완벽하게 타인의 시선에서 벗어나지 못해도 예전보다 그 시선에 무뎌질 수 있다.

마지막 카밀라가 자신 있게 자기가 좋아하는 아욱콩을 즐겁게 먹는 장면처럼, 나 또한 조금씩 당당해질 수 있음을 믿는다. 한국사회에서 타인의 시선을 완전히 무시하기는 힘들다. 남에게 어떻게 보이는지가 중요할지도 모르지만 사실, 사람은 자기 살기에 바빠 타인 생활에 크게 신경 쓰지 않는다. 남의 시선을 의식하는 것은 어쩌면 남이 아닌 나 자신일 수도 있다. 타인의 시선 때문에 내가 원하는 것을, 있는 그대로인 내 모습을 받아들이기가 힘들었다면 《줄무늬가 생겼어요》 그림책 주인공 카밀라처럼 용기 내어 하고 싶은 일을 지금 당장 해보길 바란다. 큰 용기가 아닌 내가 좋아하는 아욱 콩을 기분 좋게 먹는 카밀라처럼 작은 것부터 시작하면 된다.

['타인의 시선' 그림책큐레이션]

《난 나의 춤을 춰》

다비드 칼리 글/클로틸드 들라크루아 그림/이세진 옮김/모래알
2021

《유리 아이》

베아트리체 알레마냐 글, 그림/최혜진 옮김/이마주 2021

《슈퍼 거북》

유설화 글, 그림/책읽는곰 2014

《도시 악어》

글라인, 이화진 글/루리 그림/요요 2022

2

족쇄의 두드림

숨 쉴 공간이 필요해요

《무슨 일이 일어날지도 몰라》 아우로라 카치아푸오티 글, 그림/국민서관

하루가 바쁘게 돌아갔지만, 든든한 나무처럼 가족을 보호해 주던 아빠가 돌아가셨다. 언제나 함께했던 사랑하는 사람을 잃은 엄마는 망연자실했다. 영화 〈어벤져스〉 타노스가 손가락을 튕겨 사람들이 사라지듯이 엄마 또한 당당했던 모습은 가루가 되었다. 엄마는 그 충격으로 지금도 아빠의 추억에서 나오지 못하고 있다. 어릴 적 그렇게 바라던 아파트로 이사해 살게 되었지만, 집안은 언제나 우울한 덫에 갇혀 햇살이 들어오지 않은 창살 없는 감옥이었다. 아빠 자리는 텅 비었지만, 여전히 세상은 아무렇지 않게 돌아갔다. 남동생은 서울로, 여동생은 직업상 퇴근 시간이 일정하지 않게 되자, 집 근처에서 일하는 내가 엄마와 함께하는 시간이 길어지고 많아졌다.

살갑지 않았던 엄마와의 관계 속에서 함께 있어야 하는 시간만큼 내 목을 조여 숨쉬기가 힘들어졌다. 갑작스러운

아빠 병은 오랫동안 한 가게 일을 멈추게 했고 내 의지와는 상관없이 돈을 벌어야 했던 현실에 내 의지와는 상관없이 집에서 가까운 약국에서 아르바이트하기 시작했다.

 다행인지 불행인지 그때 의약 분업이 처음 일어나 급하게 전산 요원을 찾던 약사는 컴퓨터를 조금 다룰 줄 안다는 이유로 나를 채용했다. 집에서 멀지 않았고 엄마가 아프니 괜찮은 아르바이트라고 생각했다. 설마 내 직업이 될 거라는 상상은 하지 못했다. 처방전대로 입력만 하면 될 거란 생각은 큰 오산이었다. 듣지도 못한 약 이름과 성분을 알아야 했고 도통 알아볼 수 없는 의사의 필체를 번역하느라 머리가 터질 것 같았다. 약국에 없는 약을 처방했을 때는 같은 성분 약으로 병원에 알려줘야 했고 컴퓨터가 과부하로 다운된 날은 고친 후 다시 입력하기까지, 고용된 시간을 훌쩍 넘기기 일쑤였다. 그렇게 정신없이 야속하게 시간이 흐르면서 내가 상상했던 직장에서 멀어져갔다. 내가 지금 무엇을 하고 있는지 생각할 여유 없이 엄마 건강 회복이 우선이었다.

 위풍당당했던 엄마 모습 대신 나약해진 엄마 모습은 낯설기만 했다. 아빠의 부재로 엄마는 불면증, 안면 대비, 대상포진, 우울증까지 겹치면서 번아웃이 왔다. 지금도 불면증은 진행중이다. 신경안정제로 버티고는 있지만 길게 자야 2시간이 다였다. 엄마는 엄마대로 나는 나대로 숨 막히는 시간은 늘어났다. 집, 일, 집으로 돌아가는 다람쥐 쳇바퀴 생활은 계속되었고 나보다 엄마 건강과 마음을 헤아려야 했기 때문에 내 마음을 들여다볼 시간이 전혀 없었다. 이 숨 막힘을 잠시 풀 수 있는 것은 그래도 친구와 수다 떠는 일인데 이것마저 사치였는지 허락되지 않았다. 잠시 친구 만나러 가면 5분 간격으로 엄마한테 오는 전화벨 소리가 내 심장을 쫄깃하게 했고 마주보고 있는 친구조차 불안해져 더 이상 이어지지 못하고 그렇게 내 생활은 조금씩 지워졌다.

누군가를 만나는 것은 생각하지 못했고 내 마음의 문은 큰 자물쇠로 잠가버렸다. 시든 꽃잎처럼 활기를 잃은 엄마는 사람을 피해 다니기 시작했다. 빠른 길을 두고 빙 둘러 집으로 왔고 사람과 마주치지 않는 시간에만 볼일을 봤다. 사람 입에 가십거리 되기가 무엇보다 싫었던 엄마는 도망치듯 지명수배자처럼 다녔다. 더는 이렇게 다니는 것이 싫어 이사 카드를 꺼냈지만, 잔소리만 엄청나게 들었다. 울먹이며 아빠와의 추억이 있는 곳이고 낯선 곳에서 어떻게 지내냐며 더 이상 이야기를 꺼내지 못하게 했다. 우울한 엄마를 위해 남동생은 '강아지' 이야기를 꺼내며 싫다던 엄마 말을 무시하고 분양 받은 '시추'한 마리를 집으로 데려왔다. 귀여운 행동을 하는 시추에 잠시 눈을 맞추더니 등을 휙 돌렸다. "내일 당장, 갖다 주거라!" 엄마 마음도 진정되지 않았는데 강아지한테 쏟을 힘이 없다며 강하게 반대해, 결국 남동생은 시추를 데리고 가버렸다.

죄인처럼 지내는 엄마가 안쓰러우면서도 화가 나 견딜 수가 없었다. 끝이 안 보이는 제자리걸음은 계속되었고 전공과 상관없는 일을 하는 내 모습에 친구나 학교 선배는 한심하듯 쳐다보며 말했다. "너 왜 그렇게 살고 있니?" 내 자존감은 알 수 없는 깊은 구덩이로 떨어졌고 올라오지 못했다.

이탈리아 작가 아우로라 카치아푸고티가 쓰고 그린 《무슨 일이 일어날지도 몰라》 그림책은 표지부터 눈에 띈다. 낙서한 듯이 그린 검은색 구름이 빨간 의자에 쭈그리고 앉아 있는 아이 위에 있다. 검은 구름 사이로 짧게 내리는 비와 번개가 아이 머리에 떨어질까 봐 두 손을 머리 위로 올리며 놀라고 있는 아이 모습이 낯설지 않다. 빨간색으로 '무슨 일'이라고 쓴 책 제목은 언제 엄마에게 무슨 일이 일어날지 모른다는 내 불안과 두려움으로 보였다. 주인공 에이미는 언제 무슨 일이 일어날지 몰라 항상 불안해하는 불안장애를 앓는 아이다. 그네를 타면 떨어질까 봐 놀이터에 가지 않고, 산책하는 중에 태풍이 올까 봐 공원 가자는 할머니 말도 거절한다.

무슨 일이 일어날지 몰라 싫다는 말을 입버릇처럼 하며 안 좋은 일이 벌어질 거라 믿는다. 긍정적인 생각이 아닌 부정적인 생각이 이 작은 아이 마음에 가득 차 있다. 부정적인 마음이 가득 찬 에이미에게 회색빛 아이가 나타난다. "네가 항상 나를 피하잖아. 이대로라면 내 꿈을 이룰 수가 없어." 속상해 하는 회색빛 아이에게 미안해진 에이미는 어떻게 하면 아이의 기분이 좋아질까 생각하며 행동으로 옮긴다. 흔히 두려워하고 무서워하는 걸 극복하려면 그 상황을 피하지 말고 맞서야 한다는 생각을 쉽게 한다. 하지만 아직 마음의 준비가 되지 않은 상태라면 오히려 트라우마가 되어 더 많은 상황을 민감하게 받아들일 수 있다. 어떻게 하면 될까? 불안감을 느끼는 나를 나쁘지 않게 생각하는 것이 무엇보다 먼저이며 중요하다. 부정적인 감정은 나쁜 것이 아니라 현재 내가 어렵고 힘든 상태를 알려줌으로써 내 몸과 마음을 살피게 만드는 신호다. 한 번에 불안감을 극복하겠다고 마음먹기보다는 사소한 일부터 하나씩 해보며 두려움을 마주해야 한다. 아주 작은 용기만 있으면 충분하다. 에이미가 회색 아이 마음을 기쁘게 하려고 하나씩 새로운 것을 하는 모습처럼 나 또한 건강한 방식으로 불안을 대처할 수 있는 용기가 필요하다.

회색 아이가 금빛 아이로 변할 수 있었던 것은 다름 아닌 용기이다. 나 또한 두렵지만 시간이 걸려도 작은 용기를 내야만 했기에 익숙하지 않은 일에 손을 내밀었다. 늘 하고 싶었지만 두려움과 불안으로 하지 못했던 일이 무엇인지 골똘히 생각했다. '춤, 재즈댄스!'가 강력하게 내 머릿속에 나타났다. 몸치지만 새로운 것을 배운다면 조금이라도 숨 쉴 수 있을지도 모른다는 막연한 생각은 불안 장애를 앓는 에이미처럼 작은 용기 내어 행동으로 옮겼다. 목표가 생기자, 생각보다 빠르게 움직였다. 문제는 재즈댄스 학원 문을 열기까지 많은 고민과 용기가 필요했다. 쿵작쿵작 들리는 음악 소리에 맞춰 내 심장도 함께 울리면서 학원 문 앞으로 다가갔지만, 소리만 들을 뿐 문을 열지 못했다. 하루 이틀 사흘이 지났지만, 여전히 입구에서 문을 열지 못하고 서성이다 돌아섰다. 5일째 되는 날 여전히 문 앞에서 서성거리고 있던 나에게 누가 말을 걸었다. "안 들어가요?" 당당하고 쉰 목소리는 나를 뒤돌아보게 하였다. 짧은 커트 머리에 아주 작은 얼굴과 매력적으로 까만 피부 그리고 커다란 눈망울은 누가 봐도 멋진 사람이었다. "여기 사람 왔어요." 밝은 목소리는 수없이 망설여 들어가지 못한 문을 열게 했고 엉거주춤한 몸짓으로 홀린 듯 따라 들어갔다.

커다란 통유리에 비친 춤추는 사람 모습에 일시 정지되었다. 전문 강사 구령에 맞춰 땀 흘리며 춤추는 사람 모습에 숨이 멎었다. 배우고 싶은 욕구가 목구멍 위로 올라와 손으로 전달되었다. 망설임 없이 일주일에 세 번 하는 수업에 등록하고 한참을 춤추는 모습에 시선이 고정되었다. 입게 귀에 걸려 학원을 나오면서 회색 아이였던 내가 금빛 아이로 변할 수도 있다는 생각에 미소가 절로 지어졌다.

누구에게나 권리와 의무가 있다. 권리와 의무 중 어느 것이 더 많은 비중을 차지할까? 첫째라는 이유로 권리를 줄 때도 있지만 권리 보다 조금 더 많은 책임을 지게 한다. 먼저 태어난 이유로 동생뿐만 아니라 가족도 책임져야 한다는 의무로 항상 마음 속에는 무거운 짐 하나가 놓여있다. 이 보이지 않는 무거운 짐을 조금이라도 가볍게 할 수 있는 방법이 있다. 다름 아닌 작은 용기를 주는 따뜻한 말 한마디나 행동이다. "누나(언니)니까 네가 양보해.", "오빠(형)니까 양보해야 해."라는 강한 말은 아이 마음을 닫히게 한다. 내 아이가 첫째라면 마우 말없이 따뜻하게 안아주는 것만으로도 그 아이는 불안을 대처할 용기를 얻으며 밝은 아이로 성장한다.

['불안극복' 그림책 큐레이션]
《먹구름 청소부》
최은영 글, 그림/노란상상 2017
《불안》
조미자 글, 그림 /펑거 2019
《어려워》
라울 니에토 구리디 글, 그림/문주선 옮김/미디어창비 2021
《관리의 죽음》
안톤 파블로비치 체호프 글/고정순 그림/박현섭 옮김/이수경 해설/
길벗어린이 2022
《두려움이 찾아오면》
주리스 페트라슈케비치 글, 그림/김은지 옮김/올리 2022

나 때문에

《나 때문에》 박현주 글, 그림/이야기꽃

약 11개월의 미국 생활을 끝내고 한국으로 돌아왔다. 다른 친구들처럼 미국에 계속 있으면서 공부하거나 여행하고 싶었지만, 가정 형편상 그런 것은 나에게 사치였다. 삼 남매라 혼자 공부에 몰방할 수 없었고 미국에서 번 돈으로는 공부하기에 턱없이 부족했다. 아쉬운 발걸음으로 귀국했고 어학연수로 간 유학생 신분으로 한국 생활이 시작되었다. 갈등으로 치닫던 엄마와의 관계는 다행히 호전되었고 일상으로 복귀했다. 고소한 빵 냄새는 여전히 가게 안을 가득 채웠다.

며칠 후 집안 공기가 이상했다. 아빠 기침 소리가 잦아졌고 평소와 달리 예민하게 반응하는 아빠 모습이 낯설었다. 빵 만드는 일이 끝나는 대로 이비인후과로 갔던 아빠 손에는 처음 보는 서류 봉투가 들려있었다. 알 수 없는 봉투에 대한 설명할 시간 없이 아빠는 시내있는 병원으로 엄마와 함께 재검진 하러 나갔다. 목구멍에 걸린 생선가시처럼 느껴진 불안은 나를 초초하게 했고, 집으로 돌아온 아빠 표정은 건드리면 폭탄처럼 터질 것 같았다. 곧바로 엄마는 건너편 약국으로 갔다 오고 내가 다시 심

부름으로 약국으로 갔다. 약국 계산대 안에서 작게 들려오는 혼잣말 소리는 팽팽해진 기타 줄처럼 내 신경을 건드렸다.

"쯧쯧쯧……. 저 집 양반도 명(命)이 얼마 남지 않았구나. 그렇게 열심히 살았건만. 하늘도 무심하지." 하며 우리 가게를 한참 쳐다보았다. '이건 또 무슨 소리야? 우리 아빠가 죽는다는 거야?' 놀란 눈으로 슬쩍 노려보았지만, 찜찜한 마음은 감출 수 없었다. 약국에 공짜 약 얻으러 오는 점쟁이인데 정직 점쟁이는 아니지만 가끔 신기가 맞아 약사가 늘 그 사람에게 뭔가 물어보고 복채 대신 약 주는 걸 여러 번 목격했다. 몰려오는 불안감은 큰 병원으로 다시 가야 한다는 엄마 말에 두려움으로 번졌다. 평정심을 유지하려는 엄마 모습에서 얼핏 눈물자국이 보였다. 무슨 말이라도 해야겠는데 입이 쉽게 떨어지지 않았다. 느리게 지나가는 시간과 다투는 동안 흙빛으로 되어버린 채 가게 안으로 두 분이 들어왔다. 엄마는 다시 약국으로 달려갔고 잠시 후 내일 서울 아산병원으로 간다며 부르르 떨리는 입술은 멈추지 않았다. 이유를 물어보면 핵폭탄이 떨어질 것 같아 애처로운 눈빛으로 엄마를 보며 말해 주길 무언의 압박을 보냈다. 내 텔레파시가 전달된 걸까? 부르르 떨리는 입술로 천둥·번개 같은 말이 내 가슴에 내리쳤다.

"아빠가, 아빠가…… 암 이래." 털썩 주저앉으며 흐느끼는 엄마말에 순간 가게 안은 고요했고 누구 하나 입을 열지 못한 채, 그렇게 모든 것이 멈춰버렸다. 어떻게 해야 할지 몰랐다. 무슨 말을 해야 하는데, 어떤 행동을 취해야 하는데 그냥 커다란 바위처럼 내 몸은 굳어버렸다.

박현주 작가가 쓴 그림책《나 때문에》에는 귀여운 고양이가 책 표지면 가득 채운다. 커다란 눈망울을 자세히 들여다보면 울고 있는 아이 모습이 보인다. 무슨 일이 일어난 것일까? 이 책은 다른 그림책 구성과 다르다. 서론, 본론, 결론의 서사구조가 아닌 결론이 먼저 나오면서 역순으로 진행되는 구조다. 어느 휴일 오후, 아이들이 엄마·아빠를 자꾸 부른다. 다른 집들은 모두 나들이 떠났는지 아이들은 텅 빈 주차장에서 놀고 집으로 돌아와 낮잠 자고 있을 때, 거실 작은 화분에 탐스럽게 맺힌 꽃망울을 발견한다.

그때 고양이가 향기 맡으려 하자, 꽃망울 하나가 톡 터지면서 꽃이 활짝 핀 것이었다. 너무나도 신기하고 무척 기쁜 마음에 아이들은 엄마에게 달려가 말하려 하지만 집안일로 몹시 바빠, 아빠에게 가보라 한다. 기쁜 마음을 안고 아빠한테 달려가지만 피곤함에 낮잠 자던 아빠는 버럭 화내며 엄마한테 얘기하든지 나가서 놀라고 한다. 이 말을 들은 엄마가 발끈하며 한바탕 다툼이 일어난다. 으르렁거리는 두 어른 사이에서 아이들과 고양이는 놀라 무서워하며 그림이 작아진다. 싸움은 났지만, 화가 식지 않은 엄마는 고양이에게 소리쳤다. "저놈의 고양이, 당장 밖에 내다 놔!" 주섬주섬 고양이와 고양이 집, 고양이 밥을 챙겨 주차장 한구석에 내다 놓고 아이들은 운다. 고양이가 물끄러미 아이들을 바라보는데 그 젖은 눈동자에

우는 아이들이 보인다. 고양이는 생각한다. '나 때문에…….'

평소에는 아무 일 없다가 내가 미국에서 돌아오자마자 얼마 있지 않아 큰일이 터졌다. 집안이 송두리째 흔들리는 일이 발생하면서 나 때문에 일으킬 수 없는 일이 터진 것 같아 맘이 편치 않았다. 《나 때문에》 그림책 속 고양이처럼 모든 일이 나로 인해 일어난 것 같아 속상하고 나 자신이 미웠다. 내가 돌아오지 않았다면 어쩌면 아빠가 큰 병이 아니라 가벼운 병으로 살아 계시지 않았을까라는 바보 같은 생각이 날 혼란스럽게 했다. 복잡한 마음에 동생한테 속마음을 털어놓자마자 '찰싹!' 소리가 내 등 뒤에서 울렸다. 왜 멍청하게 그렇게 생각하냐며 화를 냈다. 아빠 병은 조금씩 쌓여 미루다 큰 병이 된 건데 왜 언니가 한국에 돌아온 원인으로 생각하는지 모르겠다며 숨을 가쁘게 몰아쉬었다.

바보 같은 생각은 그만두고 아빠가 조금이라도 나아지는 방법을 생각하거나 가게 일은 앞으로 어떻게 할 건지 생각하라며 한 번 더 등짝을 내리쳤다. 어떤 일이 발생할 때는 원인이 있다. 그 원인을 찾기 전에 자기 탓으로 돌리는 멍청이 같은 일은 하지 않아야 한다. 자신 때문에 일어난 일이라며 피해망상적인 생각이 얼마나 사람을 비참하게 하는지 알아야 한다. 나쁜 일이 일어날 때마다 내 탓으로 생각한다고 일이 해결되지 않는다. 그럴수록 냉정하게 원인을 찾고 문제를 해결해야 하며 혼자가 힘들다면 가까운 누군가에게 내 마음을 이야기하거나 도움을 청해야 한다.

['책임' 그림책 큐레이션]
《누구 잘못일까?》
다비드 칼리 글, 레지나 루트 툼페레 그림/엄혜숙 옮김/나무말미 2023
《내 탓이 아니야》
레이프 크리스티안손 글, 딕 스텐베리 그림/김상열 옮김/
고래이야기 2018
《나의 구석》
조오 글, 그림/웅진주니어 2020
《엉엉엉》
오소리 글, 그림/이야기꽃 2022

3

프레임 탈출

까마귀가 늘 까맣기만 한 건 아니지
《나는 까마귀》 미우 글, 그림/노란상상

　난 어떤 아이였고 어떤 어른으로 성장하고 있을까?
어릴 적 낯가림이 심해 사람을 피하는 내 모습을 엄마는
마음에 들어 하지 않았다. 마트 가기 위해 엘리베이터 내
려가는 벨을 누르고 기다렸다. 위층에서 내려온 엘리베이
터 문이 열리자마자 한 아이가 재빠르게 엄마 뒤로 모습
을 감추는 아이 모습이 보였다. 평소에 왕래하던 이웃임
에도 불구하고 아이는 고개를 푹 숙인 채 엄마 옷자락을
잡아당겼다. 숨바꼭질하는 아이처럼 제발 찾지 말라는 표
정으로 엄마 몸을 방패로 삼아 숨어버렸다. 낯선 아이 행
동으로 아이 엄마는 당황했고 계속 미안하다며 이런 아
이가 아니라며 변명했다. 사람을 보면 반사적으로 숨어버
리는 아이 행동이 낯설지 않았다. 어린 내 모습이 그 아
이로부터 투영되었기에 충분히 이해했다. 사람마다 타고

82

난 기질이 있다. 있는 그대로 봐주면 작은 용기 내여 조금씩 변할 수도 있을 텐데 그 기다림이 생각보다 참 힘들다. 급한 성격에 독불장군 같았던 엄마는 당신이 원하는 방향으로 행동하고 성장하길 바랐지만, 자식은 내 마음대로 안 된다는 명언처럼 엄마 바람과는 달리 다른 모습으로 커갔다. "엄마 말 들으면 자다 가도 떡이 생긴다"라는 말을 자주 들어야 했고 이 말이 진리인 듯 엄마 생각을 나한테 주입하는 경우가 많았다. 그렇게 엄마가 만들어 놓은 프레임에 갇히게 되고 결혼으로 독립은 했지만, 여전히 프레임에 갇혔다.

어느 날, 일을 마치고 집으로 오는 길에 유달리 울리는 휴대전화 진동 소리에 통화키를 눌렀다. "엄마, 외할머니 오셨는데 냉장고 청소하고 계세요. 그런데 바닥이……, 엄마 말씀대로 청소 못 하게 말씀드렸지만 소용없었어요. 빨리 와야겠어요." 엄마가 어떻게 하고 계실지 상상이 갔다. 써늘해진 가슴을 쓰다듬으며 부랴부랴 집으로 향했다. 현관문을 열고 들어가 본 풍경에서 영화 〈베테랑〉에서 유아인이 한 대사 한 마디만이 떠올랐다. "어이가 없네." 슬리퍼를 신고 쉴 새 없이 거실을 누비며 바쁘게 손을 움직이며 땀을 훔치는 엄마 모습에 얼어붙었다. 망연자실함에 몸이 움직이지 않았다.

남편 퇴근 시간은 다가오고 그사이에 바닥에 쌓여 있는 냉장고 물건을 어떻게 처리해야 할지, 흥건히 고인 물은 또 어찌해야 할지 터널 속에 갇혀버린 기분이었다. 몇 시냐며 물어보는 엄마는 사위 올 시간이 다 됨을 확인한 후, 잔소리를 한 바가지 쏟아붓고 뒷마무리하라며 휭 가 버렸다. 역장이 무너진 마음을 추스를 시간 없이 흐트러진 음식 치우기에 바빴다. 바쁜 딸 힘들다고 도와주는 것은 아는데 내 살림을 엄마 원하는 대로 해 놓으니 어디에 무슨 물건이 있는지 알 수가 없었다. 또한 다 분리한 냉장고 칸막이를 다시 원래 있던 자리에 놓는다는 것이 쉽지 않았다. 그냥 날 좀 믿고 내버려 두면 안 될까?

미우 작가가 쓰고 그린 그림책 《나는 까마귀》에 나오는 까마귀는 나였다. 온몸이 검은 까마귀는 어떤 색을 입혀도 까맣다. 마치 엄마가 원하는 색으로 아무리 입혀도 그 색으로 되지 않고 까만색으로만 되는 까마귀 모습에 울컥해진다. 세로로 긴 판형 책 표지에 검은 새, 까마귀가 한 곳을 응시한다. 클로즈업된 까마귀 얼굴을 자세히 보면 까만색이 아닌 검은 숲으로 얼굴을 표현했다.
"사물은 본디 정해진 빛이 없다."
라는 연암 박지원의 경구에서 건져 올린 문장으로, 작가는 까마귀 우화를 재탄생 시킨 자기 고백적 그림책이라고 말했다.
"날개를 다친 까마귀는 아무것도 할 수 없었습니다. 누구 눈에도 띄고 싶지 않고 아무 말도 듣고 싶지 않았습니다. 까마귀는 이것저것 주워 모아 몸을 꼭꼭 가렸습니다."
자신을 숨기기 위해 눈에 띄고 싶지 않고 아무 말도 듣고 싶지 않으며 몸을 꼭꼭 가렸던 까마귀는 나를 드러내고 싶지 않았던, 내 감정을 숨기며 살아가던 내 모습이 보여 터질 듯 말 듯 참았다가 터진 수도관 파이프처럼 눈물이 터져버렸다.

"너 까마귀로구나. 까맣고 불길한 까마귀. 새까만 까마귀."

우렁우렁 들려오는 깊은 산소리는 엄마 소리였다.

"넌 안 돼. 네가 하면 다 잘되는 게 없어. 제대로 한 게 없잖아. 엄마 말 들으면 누워서 떡이 생기는데 왜 말 안 듣니?"

기나긴 밤을 보내고 해가 떠오를 무렵, 까마귀는 어떤 소리를 듣는다.

"까마귀가 늘 까맣기만 한 건 아니지. 하늘빛에 물들어 금빛으로, 자줏빛으로도, 비췻빛으로도 빛나거든."

현자의 소리에 까마귀는 깨닫는다. 애써 부정하던 자신을 받아들이며 힘차게 날아오른다.

"그래! 바로 이거였어!"

내 생각을, 감정을, 당당하게 표현하지 않으면서 엄마 때문이라고 했던 부정적인 생각 또한 '나'라는 사실을 깨달았다. 엄마가 원하는 프레임에 있으면서 한 번도 내 생각과 감정을 말하지 않은 채 원망만 하고 스스로 투정 부린 내가 보였다. 내가 가진 열등감을 엄마 핑계 대며 프레임에서 탈출하지 않고 자기 합리화하며 떼를 쓴 것이다. 금빛, 자줏빛, 비췻빛 까마귀, 그리고 새까만 까마귀 역시 까마귀인 것처럼 더 이상 엄마 탓, 엄마 프레임에 있지 말고 이제는 나와야 함을 느꼈다.

"까마귀가 늘 까맣기만 한 건 아니지."
라고 말하는 현자의 소리처럼 내가 늘 엄마 프레임에 있어야 할 필요는 없다. 우리는 각자 프레임 속에서 살아간다. 그 프레임이 무엇인지 생각하지 못한 채 그냥 그렇게 무의식적으로 투명 프레임 속에서 지낸다. 익숙해져 버린 프레임에서 벗어나면 큰일이 난 것 같은 불안감으로 시도하다 포기한다. 까마귀가 가진 다양한 색처럼 나 또한 다채로운 프레임이 있다. 누군가가 만들어진 프레임이 아니라 자신을 위한 프레임이 무엇인지 기억해야 한다.

['프레임 탈출' 그림책 큐레이션]
《기린의 날개》
심예빈 글, 이갑규 그림/이현아 기획/봄개울2021
《빨간 꽃을 찾은 너에게》
크렌 빙 글, 앤드루 조이너 그림/이현아 옮김/나무말미 2022
《누구 잘못일까?》
다비드 칼리 글, 레지나 루트 툼페레 그림/엄혜숙 옮김/나무말미 2023
《구름을 키우는 방법》
테리 펜, 에릭 펜 글, 그림/이순영 옮김/북극곰 2022
《어리석은 판사》
하브 제마크 글, 마고 제마크 그림/장미란 옮김/시공주니어 2004
《프레임 깨는 달팽이》
황준서 글, 그림/작가의탄생 2021

4

나를 찾아서

내가 원하는 것은 무엇일까?
《나를 찾아서》 변예슬 글, 그림/길벗어린이

 퉁퉁 부은 얼굴과 몸으로 아이와 함께 다시 태어난 낯선 나. 거울을 볼 때마다 나타나는 낯선 사람이 나라는 사실을 받아들일 때까지 우울했다. 아이 낳으면 모든 것이 제자리로 돌아갈 거라는 생각은 오차였다. 구불구불한 산길을 끊임없이 달려야 하는 낡은 차처럼 생소한 길을 가야 했다. 젖몸살은 젖몸살대로 하면서 젖은 잘 돌지 않았고 내가 아닌 아이를 위해 젖 돌게 한다는 잉어와 족발 끓인 물을 물처럼 마셔야 하는 고역을 치렀다. 역겨운 냄새로 신물이 목구멍까지 올라옴을 참아야 했고 대이기만 해도 아픈 젖 마사지에 살아있는 지옥처럼 느꼈다. 모두가 잠을 자는 한밤중일 때 일어나 유축기에 젖을 맡긴 채 젖 짜는 내 모습이 기계처럼 보였다. 윙윙 돌아가는 기계 소리는 지금도 환청처럼 들리며 트라우마가 돼버렸다. 지금 내가 뭘 하고 있는지 왜 이러고 있는지 답답하고 미쳐버릴 것 같았다. 새근새근 자는 아이 모습을 보면 잠시 이 괴로움이 잊히다가 밤이 되면 다시 살아나 나를 괴롭혔다. 길고 긴 일 년이 지나고 아이가 걷기 시작할 때 뭔가 해야 하는 의무감이 들었다. 다행히 아이는 순한 아이라 엄마가 잠깐 봐주기에 좋았다.

엄마가 세 시간 정도 아이를 봐줄 동안 난 도서관 프로그램에 등록한 수업 듣기 위해 서둘렀다. 색칠하는 것을 좋아하고 글씨 쓰기에 관심이 있었던 지라 'POP 예쁜 글씨' 강좌를 수강 신청했다. 미술학원에 가는 아이처럼 펜, 물감, 붓, 종이 등을 사며 들떴다. 학교에서 배운 글씨체와는 전혀 다른 디자인을 활용한 글씨쓰기 수업은 새로운 세계였다. 첫 단계는 무리 없이 따라갔는데 문제는 두 번째 단계부터 벽에 부딪혔다. 표본을 보고 그대로 따라 그리는 거지만 '이게 그림 맞아?'라는 생각이 들 정도로 따라 그리기가 힘들었다. 먹지를 이용해서 그리라고는 하지만 종이 크기상 한계가 있었다. 그래도 자격증 하나는 있어야 한다는 생각으로 밤낮으로 그리고 또 그렸다. 매번 강사한테 "다시!"라는 말을 듣거나 남편이 소질 없어 보이는데 매달리는 이유를 모르겠다며 핀잔을 주어도 '그래도 한다.'라는 오기로 한 결과 'POP 3급 자격증'를 땄다.

결혼 후 첫 자격증이었지만 아직 내가 좋아하는 것이 무엇인지 몰라 먹잇감을 찾는 하이에나처럼 도서관 프로그램에 나와 맞는 것이 있나 찾기 시작했다. 마침 '그림책'에 관한 강좌가 눈에 들어왔다. 아이도 커가면서 그림책 읽어 달라고 하기 시작했고 어떻게 하면 아이가 집중해서 재미있게 들을까 고민되어 신청했다. '그림책 읽어주는 엄마' 프로그램은 동화구연으로 호흡과 소리를 조절해서 책 읽어주는 프로그램이었다. 끝까지 수업 들으며 과제 제출하면 시험 칠 자격이 주어져 욕심이 났다. 무엇보다 강사가 너무 좋았다. 사람에게 후광이 비춘다는 뜻을 느끼게 해준 분으로 부드러우면서도 강하게 수강생을 이끌어 주었다. 등장인물 5명을 잘 구분하고 리듬, 호흡을 시기에 적절하게 잘 표현하는 연습으로 드디어 시험칠 수 있는 자격을 가졌다. 자격증을 따기 위해서는 일차적으로 필기시험을 통과해야 했고 2차는 실습으로 심사위원 앞에서 주어진 내용으로 동화구연을 해야 했다.

남들 앞에서 말하는 것을 두려워했던 나로서는 큰 용기가 필요했다. 여기서 포기하면 앞으로 나아갈 수 없다는 생각에 떨리는 심정을 긴 호흡으로 계속 진정시키며 2차 실습도 치렀다. 자격증을 따고 그냥 썩히기가 싫어 뜻 맞는 사람끼리 모여 배운 것을 현장에서 쓸 방법을 찾았다. 하지만 하고 싶다는 마음과는 달리 현실은 넉넉지 않았다. 이 분야에 대해서는 경력이 전혀 없다 보니 남들처럼 현장에서 할 기회가 오지 않았다. 우여곡절 끝에 학교로 봉사활동 하며 경력을 쌓을 방법을 알게 되어, 또 다른 프로그램에 수강 신청했다. 독서 논술과 종이접기 프로그램이었다. 둘 다 처음 하는 거라 걱정이었지만 남들도 하는데 내가 안 되는 이유가 무엇이냐며 따라 했고 따라갔다.

늘어가는 민간 자격증에 남편과 엄마의 시선은 곱지 않았지만 이대로 멈춰버리면 내 인생이 멈춰버릴지도 모른다는 생각에 이것저것 자격증이라는 자격증은 미친 듯이 몰두하며 획득하기 시작했다.

분홍색 바닷속에 아주 작은 하얀 물고기가 빛을 향해 헤엄쳐 가는 그림책 《나를 찾아서》라는 서양화를 전공하고 일러스트레이션을 배운 변예슬 작가 책이다. 2018년 현대 어린이미술관 '언 프린티드-아이디어' 최종 출판 작가로 선정되어 이때 쓰고, 그림책이다. 이 책은 나만의 아름다운 빛을 찾아가는 물고기 이야기로 다른 물고기를 따라 하다 결국 자신의 색을 잃어버리는 내용이다.

깊은 바닷속, 줄 지어가는 물고기 떼 속에서 한 물고기가 밝게 빛나는 빛에 이끌려 대열을 이탈한다. 빛을 쫓아 간 곳에는 반짝이는 것들로 가득했고 자신도 이렇게 빛나고 싶다고 생각한 물고기는 붉은색 보석에 입을 맞춘다. 입을 맞추자마자 붉은색으로 물든 물고기는 빛나는 것들을 찾아 물들고 또 물들었다. 그러는 동안 투명했던 자신의 색은 소멸한다.

우리는 모두 고유의 빛이 있다. 남과는 다른 나만이 가진 빛이지만 내 빛이 어떤 색인지 모른 채 살아가거나 남의 빛이 더 좋아 보여 쫓아가고 모방한다. 선망하는 대상을 따라 행동하고 생각하면 나 또한 빛나는 보석이 될 거라는 착각에 내 빛은 잃어간다. 거울 속 자신을 마주한 뒤 어울리지 않는 낯선 색들을 모두 뱉어냄으로써 자신의 빛을 찾게 되는 흰 물고기처럼 나에게도 그 빛이 필요했다. 내가 누구이며 무엇이 되기를 원하는지 알아야 했고, 다른 사람이 빛난다는 이유로 무조건 따라 하는 것이 얼마나 바보 같은 일인지 《나를 찾아서》 그림책이 알려준다. 빛을 쫓아간 것도 다른 색으로 물들고 자신을 잃어버렸던 이 모든 여정 또한 소중함을 일깨워 준다. 그래서 무작정 자격증을 따기 위해 몰두하는 내 과정 또한 소중한 여정임을 잊지 말아야 한다. 하얀 물고기가 알록달록한 이물질을 다 토해 내고 멋진 물고기로 다시 태어난 것처럼 나 또한 진정한 '나'를 찾기 위해 지금도 부지런히 여행 중이다.

['나 & 재능' 그림책 큐레이션]
《잃어버린 얼굴》
올가 토카르축 글, 요안나 콘세이요 그림/이지원옮김/사계절2023
《나는 나예요》
수전 베르데 글, 피터 H. 레이놀즈 그림/김여진 옮김/스콜라 2023
《내가 그렇게 이상해?》
알렉스 하우즈 글, 그림/최영민 옮김/dodo 2023
《짧은 귀 토끼》
다원시 글, 탕탕 그림/심윤섭 옮김/고래이야기 2020
《치킨 마스크》
우쓰기 미호 글, 그림/장지현 옮김/책읽는곰2008
《거북이자리》

김유진 글, 그림/책읽는곰 2022
《구룬파 유치원》
니시우치 미나미 글, 호리우치 세이치 그림/한림 1997
《누구에게나 재능은 있어요》
루크 드월프 글, 엠마 티센 그림/유세나 옮김/
주니어김영사 2019

그렇게 그냥, 엄마가 됩니다

작가소개 로지

늘 아이들과 소통하는 생활을 하고 있습니다. 저출산 시대에
할 말 많은 어린이집 원장 출신, 두 자매를 키우는 엄마입니
다. 한때 제 곁에 머문 것들의 가치를 재해석하며 성장하는
삶을 실천합니다.

그렇게 그냥, 엄마가 됩니다

로지

친정엄마와 다른 길을 가고 싶었다.
엄마와 남편에게 자주 하던 '내 탓'
외할머니, 엄마, 나
이별의 마음으로 쓴다. 저도 그냥, 엄마 할래요
아이들이 마음껏 뛰노는 생활이 되기를

1

친정엄마와 다른 길을 가고싶었다

-나는 조용히 반항하는 딸이었다.

"원장님 딸이지?"

나는 이 말이 제일 싫었다.

반항심? 사춘기에는 누구나 퉁퉁거릴 수 있는 여지가 있다. 가족 간의 원만한 소통으로 이상적인 가정도 있겠지만, 나 역시 사춘기 시절 아무것도 아닌 것에 감정을 앞세워 대응하곤 했다.

"너는 엄마가 어린이집 운영을 하시니까 문과겠네."

"아니요? 저 이과 갈 건데요? 전 과학이 좋아요. 그리고 엄마는 엄마고, 저는 저예요"

"엄마! 어릴 때 찐 살은 크면 빠진다며! 아무래도 아닌 거 같은데?"

"엄마가 사준 화장품은 더 번들거리는 거 같은데? 이래서 여드름이 없어지겠어?"

 고등학교 1학년 때 담임선생님의 말에 오기로 문과는 생각도 하지 않았고, 성장기임에도 불구하고 빠지지 않는 살에 나대로 다이어트와 운동을 했다. 오죽하면 남들 죽어라 공부하는 시기에 우리 반 여학생 체력장에서 오래 달리기 부분에서 1등을 했다. 또 한 번은 엄마가 사준 화장품을 거부하다가 이마에 여드름이 우후죽순 솟아 나오기 시작했다. 무서워서 결국 엄마가 사준 고가의 화장품을 받아들여 3년 이상이나 눈치를 슬슬 보며 조달받아 사용하기도 하였다. 그렇게 엄마와 나는 엎치락뒤치락 주도권을 쥐락펴락하며 줄다리기하듯 지냈다.
 모범생으로 오해받기 좋은 동그란 외모였지만 고등학생 시절 1년에 한 번씩 귀를 뚫었으며, 코인 노래방에 처박혀 있기도 했다. 고등학교 졸업 후에도 마찬가지였다. 전략적이지도 않으면서 세상 모든 일에 호기심 많았던 나는 어렵사리 대학교에 들어갈 수 있었다. 내가 지원했었나 싶었을 정도로 생뚱맞은 입학을 했다. 그 당시 합격 소식이 들리지 않았으면 아빠의 지시대로 공무원 시험이나 친구들이 같이 준비하자던 재수 생활을 했을지 모른다. 이과 출신이라 소프트웨어학과로 입학하긴 했으나 내가 진정 무엇을 하고 싶은지는 시간이 꽤 되어 생각하게 되었다. 내가 추측하기로 그 당시 부모님의 바람에 크게 어긋나는 상황이었으나 역정을 내시거나 나를 비난하지 않으셨다.

입학을 앞둔 어느 날, 엄마가 한 가지 제안했다.

"1학년 때 1년만 보육교사 교육원 오후반으로 자격증만 따놓자, 혹시 몰라 따놓기만 하는 거야. 오후 6시부터 10시까지야. 그래도 1학년 때가 시간을 활용할 수 있을 때니까. 그 자격증만 따놓으면 그 이후로 너 하고 싶은 것에 대해 아무 상관하지 않을게. 그리고 입학 전에 운동하고 싶다고 했지? 회원권 끊어줄 테니까. 잘 생각해 봐. 멀리 보았을 때 너한테 손해 있는 건 절대 아니잖아. 혹시 몰라 따놓는 거다!"

며칠 고민할 겨를이 없는 '답정너 (답은 정해져 있고 너는 답만 하면 돼)'의 상황이었다. 오케이, 그렇게 대학교 1학년생의 시간표는 1교시부터 6교시, 주 4~5일로 꼼꼼히 배치되었다. 오후 6시부터는 교육원으로 부리나케 출석하였다. 교육원 출석기준에 가까스로 맞추었지만, 조별 활동이나 방학을 이용한 실습 등 놓치지 않고 참 열심히 참여했다. 대학교 내에서도 동아리도 하고 선배들이 교수님 연구실로도 이끌어 주기도 했으며, 2학기에는 심지어 관심으로 들었던 회계학 원론에 전과까지 강행하였다. 지금 생각해 보면 수학과 과학을 좋아했던 문과생이 더 잘 어울렸을 수도 있었다.

정말 열심히 살았던 대학생 시절, 3학년이 되니 배낭여행 비용과 그 당시 도전하고 싶었던 시험의 응시료를 모으기 위해서 카페 아르바이트도 해 보았지만 좀처럼 모이지 않았다.

"8월부터 교사가 그만둔다는데 걱정이다. 당장 2주 후에 누가 출근하겠어, 가뜩이나 휴가철이잖아."

엄마가 다른 원장님과 통화하는 말에 내가 고민하기 시작했다. 내 딴에는 머리를 쓴 셈이었다.

"엄마, 내 자격증으로 근무할 수 있지? 1학기만 휴학해서 한 해 마무리하는 조건으로 월급 좀 받고 싶은데."

그렇게 어린이집에 정교사로 발을 들였다. 내가 데리고 있던 아이들과 함께 교사로서의 생활은 즐거웠다. 첫 해 보았던 아이들이 0세부터 길게는 6~7세까지 나와 함께 했기에 아이들 돌봄은 자부할 수 있었다. 하지만 원장 딸이란 타이틀로 인해 교사 사이에서 험담은 기본이고 따돌림도 당해보며 나의 정식 사회생활은 시작되었다. 남들은 편안하게 일했을 것 같다고 생각하겠지만 낮잠 시간에 아이들 재우며 같이 누워 울며 버텨냈다.

처음엔 '여길 벗어나야지' 하는 마음이었다가 점점 일하는 동안 '내가 엄마의 어린이집을 지켜야겠다.'라는 사명감이 점점 커졌다. 그 이유는 전국적으로 어린이집에 '평가인증제도' 뿐만이 아니라 '보육 통합시스템', '어린이집

회계관리 사업', '평가제' 등이 시작되었기 때문이다. 말 그대로 전산화, 회계 의무화, 국가적 어린이집 평가제도가 시행된 것이었다. 이 사업들을 통과해야 말 그대로 어린이집으로 살아남을 수 있었다.

한 번은 평가인증을 준비할 시기에 같이 일하던 교사가 무단결근을 했다. 그 교사의 어머님도 행방을 알 수 없어 오히려 우리에게 미안하다는 태도였는데, 그 몫은 고스란히 내가 다 떠안아야 했다. 내 성격상 순순히 받아들일 수는 없었지만, 위기 상황에서 나의 일방적인 감정싸움이나 일의 버거움에서 전이되는, 예를 들면 엄마 탓 같은 감정적 대응은 에너지 소모전에 불과했다. 한 명이 없더라도 평가인증을 통과해야 할 목표가 명확했기 때문이다. 초반에 평가인증 준비에 있어서는 교실 환경은 물론이고 서류 등 각 어린이집의 체계를 잡아야 할 중요한 때여서 내 손을 거쳐 갈 수밖에 없었다. 어차피 우리 아이들이 지내야 할 어린이집 살림이었으니까 꼼꼼하게 진행해야 했다.

며칠간 새벽 버스를 타고 일을 한 적이 있었는데 도무지 시간을 낼 수가 없어서였다. 지금 생각해 보면 나름의 '미라클 모닝'을 실천했던 시기였다. 아이들이 있을 때는 서류를 마음 놓고 할 수 없어 도망간 교사의 몫까지 하려면 새벽, 밤으로 나누어 일을 해내야 했다. 그렇다. 업무 과중의 불만은 원장 딸로서는 표현할 수는 없었다. 마땅히 해내야 할 반(半) 운영자 마인드로 지내는 위치였다. 그 이후에는 엄마의 연합회 및 대외활동의 개인 수행

비서 활동도 내 몫이었다.

그렇게 나의 배낭여행의 꿈은 날아갔다. 누가 시키지 않은 온전히 나 스스로 선택한 길이었다. 취업계를 활용해 무사히 졸업하고 잔잔히 쌓인 월급으로 '아동학사' 공부를 시작하였다. 한 단계씩 나아가다 보니 어느새 주임 교사 경력을 바탕으로 엄마와는 별도로 어린이집을 운영하게 되었다.

"원장님 딸이지?"

나는 여전히 이 말이 싫다. 그렇다고 집에서 엄마 딸을 부정하는 것은 아니다. 그 당시 함께 일했던 시절이 엄마와 제일 재미있었던 추억으로 지금도 한 번씩 이야기하기 때문이다. 순전히 외부에서 보이는 '원장 딸'이라는 시선이 제일 거부감이 든다. 선입견으로 생기는 시선의 잣대를 나에게 들이대지 말라는 조용한 반항아였다.

"눈빛이 닮았어요."

내가 어느새 엄마와 같은 길을 가고 있었다.

2

엄마와 남편에게 자주 하던 '내 탓'

- 워킹맘을 응원한다. 그렇지만 나 자신을 낮추지 말자.

'부모의 행복은 가장 불행한 자녀의 행복지수만큼이다.' 라는 말이 있다. 〈내가 알고 있는 걸 당신도 알게 된다면〉의 칼 필레머가 '아무리 행복한 일이 많아도 자녀가 불행하면 부모는 행복할 수 없다. 양육만큼 고무적이고 즐겁고 도전적이고 실망스러운 경험은 드물다.'라고 하였다.

힘들면 그만하라는 남편의 말이 참으로 서운하게 들린

날이 있었다. 내가 돈만 벌자고 일하는 것도 아니고 아이들만 키운다고 집에 있다 보면 내 삶이 만족해지지 않을 것 같았다. 날마다 긍정적인 마음으로 지낸다는 것은 사실 의식적으로 주문을 걸어야 하는 일이다. 체력적으로 힘에 부칠 때면 항상 밝게만 지낼 수 없는 '내가 못났다' 라고 결론이 나는 그 밤이 참 속이 상했다.

'내 잘못이야.' '내가 못 했었네.' '괜히, 나 때문에.'

아이 둘을 키우며 식구들에게 내가 입에 달고 살았던 단어들이었다.

"내가 좀 일찍 왔으면 다치지 않았을 텐데, 내 탓이지 뭐."
"어젯밤에 내가 꼼꼼히 챙겼어야 했는데."
"그것 봐, 내가 그냥 애를 재울 걸 그랬어. 괜히 맡겼어."

주변에서 하는 말들이 난삽하게 내 주변을 맴도는 날 특히 나를 더욱 낮추곤 했다.
하루는 엄마가 그런 나를 다 알고 있는 듯한 표정으로 촌철살인 같은 이야기를 했다.

"너만 엄마냐? 네가 그런 말을 하면 너희 엄마는 어쩐다니?

그러면 너를 낳은 내 탓이니?

마음을 좀 편하게 가져, 지금도 잘하고 있는데.

모든 것을 네 탓으로 생각하지 마.

그렇지 않아도 아빠도 네가 왜 이렇게 지쳐 보이냐며 물어보더라."

내가 한숨을 쉴수록, 내가 나를 낮추고 있는 동안 우리 부모님은 나와 함께 낮아지고 있는 기분이 들었을 테다. 내가 내 아이에게 밥숟가락을 들이밀 때, 우리 엄마는 나에게 반찬 한 가지라도 더 챙겨주시려고 하고, 간식거리라도 입 속에 넣어주시려고 하듯이 말이다. 방과 후 손주들을 봐주고 계신 친정집으로 도착하면 퇴근 후 나도 모르게 긴장이 풀리고, 내 푸념도 받아주실 것 같은 마음에, 내 탓을 외치다가 자칫 엄마 탓으로 몰고 가는 꼴이 될 수 있겠다 싶었다. 엄마는 아이의 말 한마디, 아이를 향한 말 한마디에 감각의 날이 서 있는 사람임을 잘 알고 있으면서 내가 미처 생각하지 못한 부분이 있었다. 나 역시도 여전히 엄마의 딸이었던 것이다.

"너를 그렇게 웃게 만드는 사람이 도대체 누구니?"

연애 시절, 밤마다 동네 앞에서 지금의 남편과 산책을 즐기고 귀가하는 나를 보며 엄마가 하던 소리였다. 분명 나를 웃게 해주는 남편이기에 부모님도 사위에게 한결같은 응원을 보내주고 계신다. 그때 부모님의 행복지수도 나의 행복지수를 따라 어느 정도는 높아져 있을까?

한번은 남편에게 "설거지 도와줘서 고마워"라고 했다가 다음과 같은 말을 들었다.

"도와주다니. 말을 왜 그런 식으로 하지?
같이 하는 거지. 내가 해주는 게 아니고 하는 거야."

나도 모르게 나는 내 자신을 계속 낮추고 있었다. 워킹맘은 슈퍼우먼이 아니다. 어느 강의에서 강사님이 하신 말이 생각난다. 슈퍼맨과 슈퍼우먼은 대등하지 않다고. 슈퍼우먼, 슈퍼맘은 집안일도 완벽해야 하고 회사 일도 완벽해야 하는 건데 일과 가정 양립지원의 법률 존재 자체에 감사해야 하는 것보다는 법 자체가 슈퍼맘이 되라고 힘들게 하는 것이 아닌가 하는 생각이 든다는 이야기였다. 일리 있는 말이다. 나는 결코 슈퍼우먼을 꿈꿀 필요가 없이, 내가 할 수 있는 최선을 다해 우리 아이들의 행복지수를 높일 수 있도록 평범한 워킹맘을 살아내면 되는 거였다.

3

외할머니, 엄마, 나

- 육아는 우리를 연결하는 삶의 여정이다.

양지에 개나리꽃이 피어 아이들과 개나리잎을 관찰하던 어느 날, 아직은 찬 공기가 남아 옷깃을 여미며 아이들에게 얼른 들어가자고 재촉하던 순간이었다. 멀찍이 엄마가 집 앞 편의점에서 무엇인가 사서 나오는 모습을 보았다. 내가 엄마를 보고 있는 방향으로 아이들도 고개를 돌리더니 금세 외할머니의 모습을 알아차렸다.

"어, 할머니다! 할미!"

아이들과 개나리꽃을 보고 엄마가 해주는 벚나무 설명을 들으며 친정집에 도착했다.

"아까 뭐 샀어?"

검정비닐 안을 쓱 열어보니, 소주 한 병, 담배 한 갑이었다. 맞다, 꽃샘추위가 있는 3월이면 엄마가 외할머니 산소를 방문하는 날이 다가온다.

이번에는 외할머니 산소에 유난히 추운 날씨에 이모와 함께 엄마만 다녀오셨다. 한 번씩 외할머니 묘 위에 고양이가 앉아있었다고 이야기를 들었다. 이번 방문에도 같은 고양이인지 모르겠지만 앉아있었다는데 엄마 말로는 왠지 같은 고양이는 아니지만 비슷한 걸 보아 혹시 그 고양이의 2세가 아닐까라고 웃으며 이야기하셨다. 여느 날처럼 소주 한 잔 올리고 담배를 한 대 태워 놓아주셨다고 했다. 그 담배 연기에 엄마는 외할머니에 대한 그리움을 보내고 오셨을 테다.

최근 엄마랑 팔짱을 끼고 분당서울대병원을 방문했다. 엄마가 외할머니를 모시고 병원에 오셨던 것처럼, 내가 엄마의 손을 잡고 병원에 오니 마음이 묘했다. 엄마 가슴 중앙에는 어린 시절부터 있던 림프종이 있다. 추적검사를 계속하고 있었다가 크기가 좀 커진 것 같아 뻐근하다는 말씀을 자주 하셔서 진료를 보게 되었다. 12년 전에 뵀던 의사 선생님이셨는데 다행히 아직도 계셨고, 엄마의 증상을 잊지 않고 계셨다. 엄마는 결혼 전에 2번의 수술을 받으셨지만, 그때의 의료기술로는 완벽히 제거하기는 힘들었다고 한다. 수술기법이 발전함에 따라 이번에는 허벅지살로 이식하는 유리 피판수술을 통해 잘 제거해 보자고 하셨다. 의사 선생님의 말씀을 듣는 엄마의 모습에서 외할머니의 분위기가 어렴풋하게 느껴졌다.

언젠가 나도 세월이 지나면 시간이 묻어있는 엄마와 닮

은 모습을 우리 딸들이 발견하겠지? 나이가 들어 진료를 보는 상황이 아니더라도, 우리가 즐기는 모든 행위 안에서 발견할 수 있을 테다. 결국엔 내가 엄마와 같은 길을 간 것처럼 말이다. 〈김미경의 인생미답〉이라는 책에서 부모와 비슷한 취미가 있지는 않은지를 떠올리며 '내 부모를 사랑한다는 건 내 부모가 즐겨 했던 것을 한 번쯤 따라 해 보고, 부모님의 모습을 내 모습에 투영해 보고, 그걸 반복하면서 내 몸으로 그리워하는 것 아닐까요?'라는 말이 나온다. 그때 그 모습을 따라 하면서 내 부모의 운명도 이해가 되고, 더 많이 사랑하게 되는 것 같다면서.

사회 초년생 시절, 나는 '엄마'라는 단어를 감성팔이 단어라고 취급한 적이 있다. 드라마, 소설, 영화나 연극 등 '엄마'라는 소재가 있으면 관객의 눈물샘을 자극하려는 설정처럼 그렇게 캐릭터들이 등장하고 상황 자체도 불편하게만 진행되는 모습이 흔했기 때문이었다. 편견처럼 '눈물을 자아내는 요소'로부터 '나는 절대 울지 않겠어'라고 버티기도 했었다.

출산 이후엔 나를 둘러싼 모든 감정이 응집된 어떤 주머니가 내 마음속에 꽉꽉 차있는 듯한 시절도 있었다. 여성으로서 자유를 누리다 자녀의 탄생으로 인하여 엄마라는 위치에 서 있게 되고 소위 워킹맘이라는 그 임무가 부여되는 이 단순한 사실 때문은 아니었을 것이다. 글로써 표현될 수 없는 복합적인 부분, 구체적으로 형용될 수 없는 형태였지만 나에게 끊임없이 질문을 던져왔다. 그 시기를 지나온 지금은 사소한 모든 것에도 다 반응할 수 있을 만큼 감각이 열려있음을 느낀다.

엄마? 누구나 할 수는 있지만 스스로 만족할 수 있는 엄마로서 해내는 과정은 어렵다고 생각한다. 명쾌하게 공식처럼 떨어지는 과정이 아니기에 누가 다 잘한다고 자신하는 엄마가 몇이나 있을까?

고학력의 여성도 엄마가 되면 초보 엄마부터 시작된다. 관련학과나 전문가들도 마찬가지다. 아이들을 양육하면서 느끼는 모든 것들이 자양분이 되어 모성을 경험한 여성으로서 더욱 성장하고 사고를 확장하게 된다. 그 속에는 본인의 아쉬움과 후회, 설렘 등의 여러 감정과 함께 스스로를 둘러싼 많은 인간관계에 대해 좀 더 성찰하게 되기 때문이다.

육아를 둘러싼 모든 관계는 환경과 상황의 변수 등이 초집중된 '밀착연결고리'이다. 그래서 정답은 없다. 육아는 결국 본인만의 풀이와 해석으로 근접치를 찾아 풀어나가는 과정으로 자녀와 나, 나와 엄마, 엄마와 외할머니를 잇는 삶의 여정이라 부르고 싶다.

4

이별의 마음으로 쓴다
저도 그냥, 엄마입니다

- 어린이집을 정리하며 나는 되고 싶었던 엄마가 됩니다.

10년 전, 내가 울면서 힘들다고 투정 부렸던 그곳에서 다시 누워보았다.

한창 사랑의 열기로 가득했던 이곳에서 주마등처럼 스쳐 지나가는 날들이 이젠 과거로 묻히게 되었다. 언젠가 내가 어린이집을 정리하면 어떨지 상상만 해보곤 했었는데, 생각보다 눈물은 나지 않았다. 오열보다는 양 가슴에 뜨거운 열기가 느껴졌다.

보육사업은 책임감과 사명이 함께 해야 하는 일이라, 다른 사업(자영업)처럼 매출액을 따라가는 영리사업과는 구조가 다르다며 남편에게 토로했던 내 말을 곱씹었다. 지금 생각해 보면 그동안 원장이라는 무게가 '등에 지고 있는 책가방'과도 같아서 내 목과 어깨, 등을 뻣뻣하게 만들었다 해도 과언은 아닐 것이다.

"가슴에 열기가 느껴진다고 해야 할까, 아이 낳고 젖 도는 것처럼 가슴이 후끈해서 어젯밤에 잠을 못 잤어."

유방에 이상이 생긴 것은 아닌가 싶었지만, 며칠은 괜찮은 것 같아서 넘겼다. 우연히 예능 프로그램 라디오 스타를 보면서 아차 했다. 배우 류승수 님의 장인에 관한 건강 에피소드였다. 장인어른의 지속적인 발 통증으로 인하여 유명한 병원에 다니며 원인을 찾아보고자 했다고 한다. 결론은 우울증의 증상이 신체화로 나타난 것 같다는 말이었다. 우울증은 정신적인 문제라서 항상 신체화라는 증상이 나오게 되는데 조금씩 아픈 부위가 발산하지 못한 부정 에너지가 그곳으로 꽂히게 되며 통증으로 유발될 수 있다는 설명을 듣자, 그때부터 나 자신을 돌아보게 되었다.

실제로 어떤 밤은 세탁기 버튼을 누르기만 해도 눈물이 나고, 쓰레기봉투를 여미다가도 눈물이 났다. 멈추지 못하는 눈물을 샤워로 진정시키고 겨우 잠을 자면 얼굴은 퉁퉁 부어있기도 했다. 이 당시 내 주변 사람들은 나에게 번아웃이라고 했다.

"너 혹시 번아웃 온 거 아니야?"

"원장님, 너무 피곤해 보여요. 무슨 일 있으세요?"

 나는 임신을 했을 때, 입덧을 심하게 하는 시기에도 어린이집에 출근하면 입덧이 멈추는 사람이었다. 한때 아이들이 줄어 매월 내 월급을 차입으로 넣으며 버텨갈 때도 잘 이겨냈는데 이번에는 가슴의 통증이 심상치 않았다. 오죽하면 경고신호처럼 느껴졌다. 그렇지만 우울증이나 번아웃이라는 말을 의사에게 들으러 가기는 싫었다. 쓸데없이 자존심만 세서 그런 건 나에게 절대 오지 않는다고 버티기로 마음먹었다.

 살다 보면 이런 날도 있고 저런 날도 있다. 그렇다고 내가 타협이 없는 사람은 아니다. 내가 감당하지 못하는 외부적인 요소로 위기가 닥쳐온다면 오는 좌절을 막을 수 없다고 생각하기 때문이다. 직장 어린이집이 새로 생기거나 국공립어린이집에서 인원이 빠져 학기 중 호출이 올 때면 연령이 어린 아이들은 옮길 수밖에 없다. 재개발로 인하여 주변 대단지가 들어서며 이사의 퇴소 사유가 발생하거나 새 정책으로 부모 급여를 받겠다며 당장은 입소하지 않을 거라는 허수의 입소 대기자들이 확인될 때면 그것은 내가 어찌할 수가 없는 상황이었다. 아슬아슬하게 가방을 붙들어 매고 있는 것보단 그 가방끈을 끊어 가방을 버려야만 상황이 명쾌해지는 것도 있다고 생각했기에 어린이집을 정리하는 수순을 밟기 시작했다.

 그 후로도 가슴의 통증은 불규칙한 주기로 나를 괴롭혔

지만 내가 폐원 공문을 받은 이후에는 사라졌다. 뒤늦게나마 2023년 4월이 되어서야 정밀 검사를 해 보았다. 정상이었다. 지금 생각해 보면 그때의 경험은 내 스스로의 싸움, 내면에서 살아남기 위한 몸부림이었던 것 같다. 〈데미안〉에서 싱클레어의 성장통처럼, 알에서 나오려고 싸우는 새처럼. 내 감정을 자꾸 마주하는 연습을 했다. 어차피 내가 해결해야 하는 내 마음의 문제였기에 다스리거나 분출하거나 버려야 한다고 생각했다.

어린이집을 정리하면서 나는 이제 엄마가 되어야 했다. 그냥, 엄마.

〈언어의 온도〉에서 이기주 작가는 '그냥'이라는 말은 대개 별다른 이유가 없다는 걸 의미하지만 굳이 이유를 대지 않아도 될 만큼 충분히 소중하다는 것을 의미하기도 한다고 말하였다. 후자의 의미로 '그냥'이라고 입을 여는 순간 '그냥'은 정말이지 '그냥'이 아니라는 것이다.

엄마는 아이들과 함께 인생을 동행하는 사람이다. 사심 담지 않은 시선으로 격려하면서 최대한 할 수 있는 인생의 조력 역할을 해줄 필요가 있다. 더불어 아이가 필요로 하는 순간에 다가갈 수 있으려면 엄마 역시 무조건적 희생이 아닌 정체성을 찾아가는 인간의 길을 가야 한다. 엄마의 인생을 통해 아이들은 무의식적으로 인생을 살아가는 에너지를 흡수하기 때문이다.

나는 두 딸의 손을 잡고 새로운 시작점에 서 있다. 이 글을 적어내며 이미 출발했을 수도 있겠다. 그냥 엄마라고 불리지만 좀처럼 그냥이 아닌 엄마로서 아이들과 함께 성장하는 삶을 실천하고자 한다.

"부모가 삶을 해석하는 방식은 결국 아이의 삶에 영향을 미치고 대부분의 경우 이는 대물림된다. 삶을 해석하는 태도가 곧 유산인 것이다." (위대한 유산, 한혜진)

5

아이들이 마음껏 뛰노는 생활이 되기를

- 아이를 키우기 좋은 이상적인 세상이 아닌 실질적인 생활이 되어야 한다.

둘째 딸이 태어나 산후조리원에 들어갔더니 신생아실에 아기 바스켓에 누워있는 아이의 수가 5명이었다. 분명히 한 달 전에만 해도 산전 마사지를 받으러 갔을 때의 13명 정도의 산모들은 모여서 왁자지껄 밥을 먹고 있었는데 그 모습이 거짓이었나 싶을 정도로 소수의 산모가 산후조리를 했었다. 그때가 2017년 6월이었다. 조리원에서 뉴스를 보는데 그 당시 한 주의 출산 인원은 0명이라는 기사도 나왔었다. 내가 바로 출산의 현장에 있었는데 꼭 허구 속 이야기 같아서 실감이 나지 않았다.

2022년 합계출산율이 0.78이라고 이웃 나라 일본보다도 출산율이 낮은 한국의 상황에 관한 기사가 나오고 있다. 비혼주의, 딩크족의 증가. 왜 결혼하지 않으려고 할까? 출산을 왜 안 하지라고 질문을 던져보면 꼬리에 꼬리를 물고 나오는 이야기들이 많겠지만 사실 그 누구 탓도 할 수 없는 문제이기에 답답할 따름이다. 정부에서도 출산율을 높이기 위한 여러 가지 제도를 시행하고 많은 사업을 시도하고 있지만 가만히 지켜보면 그 효과가 단기적이거나 일회성이라서 정작 미혼여성, 기혼여성의 마음을 움직이지 못하는 것 아닐까?

'그럼에도 불구하고 현시대에 출산한 엄마들'에게 '아기 낳아보니 어때요?, 아이들을 키우는데 어때요?'에 관한 질문에 한결같이 "힘들다" "육아는 어렵다"라고 반응한다. 첫 대답에 "아이들이 있어서 행복해요"라고 나오는 사람은 드물다. "힘들지만 그래도 아이들이 있어 좋아요."라고 하는 대답은 그나마 다행이다.

사실 우리나라 어린이집의 보육 서비스는 그 어떤 나라보다도 월등하다. 몇몇 문제시되는 어린이집이 매스컴에서 나와서 상당히 좋지 않은 인식도 가지고 있지만, 우리나라의 보육 서비스를 통하여 여성의 경제활동이 활발해진 성과는 분명히 있다. 오히려 외국의 보육시설들을 막상 가보면 생각보다 어두컴컴하거나 교사가 친절하지 않게 느껴지는 경우가 있다. 깊이 들여다보면 교사가 정말 친절하지 않다기보다 '우리나라 어린이집 선생님들의 열정적인 반응'에 비해 상대적으로 덜 친절해 보인다는 것이다.

우리나라 선생님들처럼 아이들을 밀착해서 보육하는 나라가 또 어디 있을까 싶다. 그것들을 단편적으로 보여주는 예가 평가인증제도에서 '상호작용'에 대해 평가하는 부분이 있다. 여기서 말하는 상호작용이란, '교사는 영유아를 존중한다'라는 지표를 바탕으로 영유아를 대할 때 민감성과 공감 능력, 언어적 & 비언어적 표현 읽어주는 관계에서 나오는 반응을 말한다. 교사라면 다 평가받은 경험이 있을 것이고 그 내용은 기본적인 편이다. 오죽하면 평가항목에 상호작용이란 영역이 있을까도 싶지만, 기본적인 교사의 자질을 갖고 있다면 그 결과는 잘 나올 거라 대부분 수긍하며 평가에 임하게 된다. 이런 기본적인 항목들을 통과한 우리 선생님들이 출근해서 퇴근까지 얼마나 아이들을 잘 보육하는지 직접 체험해 보지 않으면 실감하지 못할 것이다. 공장에서 뚝딱 제조하면 되는 사물들이나 주어진 입력신호대로 나오는 로봇이 아니고 각각의 개성을 가지고 존중되어야 하는 '인간[human being, 人間]'을 케어하는 부분이기 때문에 더욱 힘든 부분이다.

이런 양질의 사회적인 보육 서비스가 제공되고 있는 상황에서도 '출산한 엄마들'의 반응은 어떤가. 대부분 경제생활을 하고 있던 여성들이 출산으로 인해 '본인의 직업, 일'에 대해 일차적 고민을 해야 한다. 우리나라 출산 휴직은 3개월, 육아휴직은 1년에서 2년 사이로 정해져 있는데 복직을 앞둔 때는 아이들은 거의 돌을 갓 넘은 상황이니 이 아이를 두고 복직할 수 있을지, 복직한다고 했을 때의 근무 시간이 어린이집 운영시간과 맞지 않았을 때 베이비시터를 이용하는 등의 그에 맞는 대비를 한다거나 아팠을 때를 대비하여 도와줄 사람이 없다면 아예 일에 대해서 그만두는 부분을 고려해야 하는 상황이 나온다. 그래서 최근 남편들의 육아휴직 사용에 있어서 관심을 받았지만, 육아에 적극적으로 동참하는 남편들의 이야기지, 실제 업무상이나 가정의 경제적인 부분 때문에 육아휴직을 쓰지 못하는 경우가 대다수이므로 여기서는 배제하기로 한다. 1차 고민을 한 우리 엄마들은 그 판단에 따라 만족적인 생활을 하면 걱정은 없겠지만 또 2차, 3차 고민과 위기들을 겪어야 한다. 개별차이는 있겠지만 어린이집 적응 문제, 낮아지는 엄마의 자존감 문제, 둘째 아이의 임신과 출산 등등. 항상 위기에 위기라고 느껴지는 부분이다.

'육아의 환경'은 의식적으로 만들어 준다기보다 자연스럽게 생활에서 나와야 한다. 함께 하는 육아의 세상이 만들어지는 것 또한 중요하겠지만 '육아의 세상'이란 단어는 공간적인 느낌이 강하게 느껴지며 이상적일 뿐이다. 결국 사회 구성원들의 소통과 협력으로 인한 실천력을 끌어내는 '생활'이 만들어지는 것이 중요하다. 그래서 아이들이 마음껏 뛰노는 생활이 우선순위가 되어야 한다.

최근 지인의 아들이 기차를 너무 좋아해서 열차의 '영유아 동반석'을 예약해 탑승했다고 한다. 그런데 막상 영유아 동반 손님이 없는 만석 칸에 아이가 소리를 낼 때마다 오히려 눈치가 보였다는 것이다. '아니, 영유아 동반

석인데 왜 눈치를 봐야 해?' 그러다 보니 카페의 '노키즈
존'과 열차의 '영유아 동반석'은 누구를 위한 구분일까?

쏟아져 나오는 육아서들에서 아이는 부모(양육자)를 통
해서만 길러지는 것이 아님을 말하곤 한다. 한때 우리나
라에서 유행했던 프랑스식 육아법, 〈프랑스 아이처럼〉에
서는 '프랑스라는 나라 안에서' 아이를 낳고 기르는 다양
한 육아법 간의 충돌이 별로 존재하지 않았음을 이야기
했다. 주도적인 아이, 기본 인성과 올바른 생각 주머니를
키워나갈 수 있는 '인간의 성장'을 모든 어른이 상당 부
분 동의하고 육아에 대한 기본원칙이 존재했으며 서로
존중한다고 한다. 그런 이유로 육아는 한결 편안하고 협
력적인 양상을 보인다는 분위기란다.
우리나라가 품어야 할 우리의 아이들에게 제공되어야
할 기본은 '사회적으로 아이를 향한 관심과 사랑이다.'
아이의 반응에 유난스럽지 않고 남의 말에 휩쓸리지 않
는 부모의 육아 태도가 확실해야 한다. 사회 구성원 모두
아이의 신호에 대해 민감성을 발휘하여 연대하는 마음으
로 아이를 존중해 주는 문화가 밑바탕에 존재해야 아동
수당과 육아 급여정책의 힘이 더욱 강화되리라 믿는다.

엄마는 아이들과 함께 인생을 동행하는 사람이다. 사심 담지 않은 시선으로 격려하면서 최대한 할 수 있는 인생의 조력 역할을 해줄 필요가 있다. 더불어 아이가 필요로 하는 순간에 다가갈 수 있으려면 엄마 역시 무조건적 희생이 아닌 정체성을 찾아가는 인간의 길을 가야 한다. 엄마의 인생을 통해 아이들은 무의식적으로 인생을 살아가는 에너지를 흡수하기 때문이다.

권 은 숙

아무것도 하지 않으면 아무 일도
일어나지 않는다

작가소개 권 은 숙

편집 디자인 일을 하다 결혼후 영업이라는 새로운 직업
을 통해 나의 숨겨진 재능으로 십여년 밥벌이를 했고,
이제는 또 다른 나의 재능을 찾고자 매일 아침 책읽기
와 글쓰기에 집중하고 있습니다. 애쓰지 않으면 삶이
멈춘다는 생각으로 열심인 삶을 살고 있습니다.

아무것도 하지 않으면 아무 일도 일어나지 않는다

권 은 숙

운명처럼 시작된 직장생활

내 의지와 상관없이 삶은 시작되지만 선택은 내 몫

어느 날 보인 가장들의 뒷모습

'성실'이라는 이름

위기 속 기회 알아 차리기

취미 독서에서 목적이 이끄는 독서로

1

운명처럼 시작된 직장 생활

　몇 년 아이를 키우다가 다시 직장 생활을 한다는 게 쉽지만은 않은 일이다. 대부분의 전업주부들이 일을 하고 싶어 하지만 나 자신을 믿을 수 없기에 더 용기 내어 일을 하기가 힘들 것이다. 실수라도 해서 망신을 당하지는 않을지, 누군가가 그랬다. 실패가 두려운 게 아니라 자신의 한계를 알아버리게 더 두려울 수도 있다고. 그렇다고 넋 놓고 있다고 해결되지는 않는다.

　모든 출발은 나를 인정하는 데서 부터 시작이다. 우리는 일어나지도 않을 일들을 미리 걱정해 버리는 것이다. 나도 그런 생각들로 주저했는데 뜻하지 않게 사고를 치는 바람에 어쩔 수 없이 직장 생활을 하게 되었지만 이 시점에서 주저하는 주부들에게 얘기해 주고 싶다. 생각만 하지 말고 일단 시작해 보라고. 너무 단순하고 누구나 아는 얘기지만 실천은 하지 않는다.

나에게는 분명 내가 모르는 내가 있을 수 있다. 우리가 잘 아는 박완서 작가도 평범한 주부에서 40이 넘은 나이에 문단에 등단하였다. 상금 50만 원을 받아 남편에게 나도 돈 벌어왔다고 자랑하고 싶었고, 딸을 잘난 사람으로 키우고 싶어한 엄마를 기쁘게 해주기 위해 글을 썼다고 한다. 또 김미경 강사도 피아노 학원을 운영하다가 우연히 학원 운영을 잘해서 대표로 상을 받고 소감 발표를 하던 중 "아 나는 말을 잘하는 사람이고 내가 사람들 앞에서 말하는 것을 좋아하는 사람"이라는 생각이 들어 강사로 전향을 했다고 한다.

나 또한 영업하고는 절대 맞을 수 없다고 생각했는데 벌써 17여 년을 하고 있다. 부딪쳐보면 진짜 별거 아니고, 다 극복할 수 있는 일만 일어나고 실패하더라도 더 단단해 짐을 느낀다. 나의 첫 직장 생활도 순탄하지만은 않았다.

나이도 많고, 게다가 아줌마고 그렇다고 경력자도 아니고 좋은 조건이 하나도 없었다. 나를 소개해준 지점장님도 처음 발령받은 곳이라 데려다 놓기만 했지 나에게 일을 가르쳐줄 만한 여건이 아니었다. 나 말고는 다 남자 직원들이었는데 그들은 이미 베테랑이었고 나와 같이 들어온 남자 직원 한 명과 나만 신입이었다.

담보대출이라는 것은 은행 창구에서 받는 것도 있지만 창구 말고도 따로 담보대출 영업부서가 있다. 다들 각자

일이 바쁘기도 했지만 누구 하나 가르쳐 주려고 하지 않았다. 눈치껏 해야 하는 것이다. 아무것도 모르는 나도 영업을 해야만 먹고 사는 것이라 우리 은행의 상품설명서를 들고 다니기 시작했다. 가르쳐준 이들이 없어 아무거나 막 들고 다니다가 우리의 중요 내부 문서까지도 유출하는 바람에 욕을 한 바가지 듣고 미운털이 박혀 버렸다. 아줌마가 '애나 키우지' 자기들 영업 방해한다고. 대놓고 얘기하지는 않았지만 나도 귀가 있는지라 들리는데 어쩌 하리. 그나마 아줌마가 돈 벌러 왔는데 이해 좀 해주라며 편들어 주는 사람도 있었지만 한동안 눈칫밥을 먹으며 서러움을 꾹꾹 누르며 다녔다.

수많은 시간의 과정들이 쌓이다 보면 어느 날 문득 나의 위치가 달라져 있음을 알 수 있다. 한창 일 할 때는 점심 먹을 시간이 없을 정도로 바쁘게 일을 했다. 몸은 피곤했지만 통장에 쌓이는 잔고를 보며 열심을 더 낼 수가 있었다. 의도치 않게 일을 하게 되었지만 이 업계에서 어느 정도 이름도 알려졌고 전세로 신혼을 시작하였는데 이 일로 내 집 장만도 하게 되었고, 아이에게도 가족에게도 베풀 수 있는 여유가 생겼다. 돈의 여유가 생기니 사람을 만나 어느 장소에 가든지 부담이 되지 않았고 마음까지도 너그러워지는 것 같았다. 지금 생각하면 남자들 세계에서 어떻게 버텼는지 모르겠지만 버티는 자가 이기는 거다. 이렇듯 부딪쳐 보면 의외의 나를 발견하게 되고 사고의 확장도 자연스럽게 된다.

내 주위에도 아직까지 '내가 어떻게' '난 못해' 일찌감치 포기해 버리는 사람들도 있다. 생각이 닫혀 있고 아예 들으려 하지 않는 사람들을 보면 안타까울 때도 있다. 스스로 나를 포기해 버리는 것이다. 남의 결과물을 부러워하기보다는 이제는 나 스스로 만들어가자는 용기를 가졌으면 좋겠다.

물고기들도 부레가 일종의 폐 역할을 하는데 상황에 따라서는 전체 호흡으로 쓰일 수도 있다고 한다. 그처럼 내 안에 사용하지 못한 기능이 살아있을 수 있다.

아무것도 하지 않으면 아무 일도 일어나지 않는다.

2

의지와 상관없이 삶은 시작되지만 선택은 내 몫

결혼전에는 한 직업으로 10여년을 광고, 출판기획 쪽에서 편집 디자인 일을 했었다. 주로 컴퓨터로 신문광고, 책, 논문집, 놀이동산 팜플렛 등을 편집하는 일이었다. 결혼 전후쯤 매킨토시라는 더 성능 좋은 컴퓨터의 등장으로 디자인과를 나오지 않은 나는 점점 한계에 부딪칠 즈음 일을 그만두고 육아에만 전념을 했다. 결혼 후 경단녀에서 '무슨 일을 해야 할까?' 나처럼 고민을 한 사람이 많이 있을 것이다. 아이가 너무 어려 어린이집에 보내기도 힘들고 어린아이를 데리고 일을 한다는 게 쉽지가 않았다.

어느 날 아는 언니의 소개로 전혀 생소한 방문 판매 화장품을 소개받았다. 출근하지 않고 필요할 때만 나가면 되고 내가 필요한 것만 사서 쓰면 된다고 해서 아주 편안한 마음으로 시작을 했다. 영업을 처음 하면 대부분이 주변 사람에게 먼저 소개하게 된다. 나 또한 동생, 형님, 동서, 시어머니 등 식구들에 판매하고 친한 친구 그리고 끝이었다. 누군가에게 나의 것을 사 달라는 말을 하기가 힘들었다. 남의 것은 내가 써보고 좋은 것은 잘 팔아주는데 내 것 팔기는 영 젬병이었다.

친한 동생이 칡즙을 판매하고 있었는데 아버지가 직접 산에서 캐서 달인다는 얘길 듣고 오지랖 발동하여 여기저기 팔아줬다. 사과면 사과, 꿀, 배추 등 뭐든 좋다 하면 내 일처럼 나서서 홍보하면서 정작 내가 이득을 본다 싶으면 입 떼는 게 힘들었다. 이래서 뭔 영업을 한다고. 그러던 어느 날 아는 동생이 집으로 자기 형님을 데리고 왔다. 이런저런 얘기를 하다가 자기 일하는데 사람들이 많이 있으니 화장품 영업하기에도 좋을 것 같다며 한번 나오라고 했다. 화장품 팔 욕심에 나가게 되었는데 다단계 회사였다. 얼떨결에 가게 된 곳에서 성공사례를 듣게 되었다. 우유배달 아줌마였는데 최고의 자리까지 올라 이제는 경제적 자유를 얻은 사람, 하던 사업이 망했는데 이일을 함으로써 인생이 바뀐 사람, 실질적인 사례를 접하고 또 잘 차려입은 모습들 타고 다니는 차, 여유로운 얼굴들.

어느새 말하는 모든 것들이 진실인 양 현혹되어 카드로 800만 원을 긁어버렸다. 화장품은 팔아보지도 못한 채. 문득 정신을 차려보니 빚이 생겨버린 것이다. 800만 원을 갚기 위해 나의 직장 생활이 시작되었다. 이렇듯 인생은 계획대로만 되지 않기에 수많은 경험도 필요하고 지식도 필요하다. 항상 나의 중심점이 어디에 있는지를 자각하며 남에게 휘둘리는 삶을 살지 않기를 간절히 바래본다.

3

어느 날 보인 가장들의 뒷모습

 한 직원이 결재서류를 들고 갔다가 과장님이 마음에 들지 않았는지 이걸 결과라고 들고 왔냐는 거침없는 막말과 동시에 서류를 얼굴에 집어 던졌다. 드라마에서만 보던 그 장면을 실제로 봤다. 나의 일은 아니었지만 내 일인 양 가슴이 두근거리고 화끈거림에 몸이 떨려왔다. 목덜미까지 붉어진 머리를 숙이며 사시나무 떨 듯 떨리던 손으로 아무 말없이 서류를 집어 공허한 눈빛으로 뒤 돌아선 직원의 모습을 봤다. 가장들의 쓸쓸한 모습인 것이다. 우린 서로 민망해서 고개 숙여 열심히 일 하는 척 하지만 다들 마음 한 구석 서글픔이 밀려온다. 어쩔 수 없이 비굴해야 되고 살아남기 위해 영혼 없는 웃음도 웃어줘야 하고 '참 사는 게 뭔지'라는 생각이 저절로 든다.

그래서인지 나는 남자들 입장에서 많이 이야기하는 편이다. 아무리 속이 쓰리고 아파도 상사들이 퇴근 무렵 한잔하자 하면 어쩔 수 없이 가야 되고 거래처에서도 한잔해야지 하면 영업 차원에서 술도 사줘야 하고 같이 마셔도 줘야 하고 요즘 MZ세대들은 잘 이해할 수 없겠지만 예전에는 그랬다. 집에 있는 시간보다 직장에서 시간을 더 많이 보내다 보니 가족은 아니지만 더 끈끈한 정이 생긴다. 실력보다는 인간관계가 더 중요시되기도 한다. 퇴근하고 싶어도 먼저 일어나 간다는 소리를 못하는 불합리한 그런 시대였다.

회식을 마치고 집으로 돌아가는 어느 날 남자 직원이 참 힘들다고 언제까지 이렇게 살아야 될지 모르겠다고 속내를 내 비췄다. 내심 속으로 깜짝 놀랐다. 그 친구는 입담도 좋고 성격도 둥글둥글 모나지 않아 누구나가 좋아하고 누구보다도 이 일이 적성에 맞는 친구라 생각했었는데 그 친구도 그냥 버텨내고 있었던 거였다. 갓 태어난 아이를 위해 견뎌야 하는 서글픔이 고스란히 전해지는 것 같았다.

요즘은 한 직장에서 퇴사를 한다는 것은 불가능한 일인지도 모른다. 조직의 성장보다는 나의 성장이 더 중요하다고 여기기 때문에 직장에 속하기보다는 배달, 택배 등 일회성 노동인 긱노동을 더 좋아하고 프로젝트 단위로 업무를 수행하는 고액의 일감을 받는 슈퍼 프리랜서가 증가하고 있다. 일에 있어서도 양극화 시대가 온 것이다. 코로나 이후 세상이 너무나도 급격히 변화되어감을 절실히 느낀다. 가치관도 변하고 고정관념이라는 것도 다 바꾸고 정신을 바짝 차리지 않는다면 어느새 도태될지도 모른다.

급격한 시대 변화에 변화하지 못한 우리네 남편들은 자기를 위해 투자 다운 투자 한번 못하고 한 직장에서 이 눈치 저 눈치 보기 급급하다.

대부분의 사람들은 아이들 공부시키는데 급급해 제대로 된 노후 준비라는 게 없을 것이다. 아직은 직장에서 버텨야 하기에 나가 달라는 회사의 무언의 압력으로 책상을 빼 버려도 메뚜기처럼 여기저기 옮겨 다니며 어깨에 짊어진 무게 때문에 이제나저제나 어디에 발령이 날지 노심 초사하고 견뎌내고 있다.

「세상을 생존하기 위해서 살면 고역이다.

의식주만을 위해서 노동하고 산다면 평생이 고된 인생이지만 고생까지도 자기만의 무늬를 만든다고 생각하며 즐겁게 해내면 가난해도 행복한 거라네. 」

이어령 박사님 말처럼 우리네 현실은 이렇지만 그래도 나에게는 가족이 있으니 이겨내라고 얘기해 주고 싶다.

이렇듯 남편들의 바깥 삶도 녹록지가 않음을 한번쯤은 알아주길 바란다. 비단 남편들 뿐만 아니라 생업전선에서 열심인 우리 모두에게 토닥토닥 위로해 주자.

4

성실이라는 이름

 어느 날 신입 남자 직원과 외근 중이었다. 사무실에서 단체 문자가 왔다며 상품 조건이 바뀌었으니 참고하라는 문자였다. 옆에 직원이 "서류 받을 때 참고해서 받아야 되겠네요" 하며 얘길 한다.

"무슨 말이야"
"사무실에서 문자 왔는데요"
"아 그래 나는 안 왔는데" 하며 그날은 대수롭지 않게 지나쳤다.

 그런 일을 한두 번 더 겪은 뒤에야 나만 빼고 단체 문자를 보낸 것을 알았다. 사무실에 들어가 따졌더니 "어 이름이 빠졌네요"라며 미안하다며 얘기한다. 그 사람은 자기보다 여자가 수입이 많은 걸 싫어했다. "남편도 버는데 좀 덜 벌어도 되잖아요" 하며 웃으며 얘기하지만 그 말속에 뼈가 있음을 나는 안다. 그뿐만 아니라 남들보다 일찍 출근해 사무실로 온 신문을 읽으며 하루를 준비하는데 어느 날 신문이 없어졌다. 그 신문도 치워 버렸던 거다. 아주 꼴 보기 싫었던 모양이다.

참 한심해 보였다. 각자의 자리에서 자기 일 열심히 하고 능력을 키우면 되는 걸 여자라는 이유로 그걸 불합리한 일이라 생각하는 자체가 좋은 표현으로 미성숙자이다. 남자들도 여자 못지않게 수다스럽고 질투도 많고 여자들보다 의리가 없을 때도 많다. 똑같이 새벽밥 먹고 출근해 똑같은 일을 하는데 왜 남자가 더 많이 벌어야 되는 게 정상인 건지. 그렇게 치면 엄마는 얘를 놔두고 출근하는데 사실 더 벌어야 되지 않나 생각해 본다. 아직까지도 나이 든 사람들의 인식은 크게 바뀌지 않은 것 같다. 일을 하다 보면 나를 좋아하는 사람도 있고 싫어하는 사람도 있다. 누구나가 나를 좋아 할 수는 없다. 처음에는 그런 모든 것들이 신경 쓰여 한동안 힘들었지만 결론은 맡은 일만 착실히 하면 언젠가는 인정받는 것이다.

일을 잘하는 사람들은 시간관리 자체가 틀리다. 우리는 일 특성상 어찌 보면 개인 사업자나 다름없는 영업을 하다 보니 시간관리가 일반 직장인과는 달라 어떻게 시간을 쓰느냐에 따라 수입이 결정되기 때문에 자기관리가 더 중요하다. 사무실 회식이라도 하면 그다음 날 출근을 제대로 하는 사람이 있는 반면에 엉망진창으로 나와 얼굴만 내비치고 사우나 가는 사람, 아예 점심때가 되어야 겨우 나오는 사람 각양 각색이다. 그 와중에도 좀 힘들더라도 평소와 다름없이 출근해 정상적으로 일하는 사람도 있다. 성실한 사람은 어떤 식으로라도 표가 난다.

한 거래처에 꾸준히 일이 없어도 출근하는 사람이 있었다. 아무도 그 사람을 반겨 주지도 찾지도 않는데 두 달여를 묵묵히 오는 사람이었다. 어느 날 담당자가 그 전날 술을 먹고 연락도 되지 않아 묵묵히 오던 그 대출 상담사가 얼떨결에 서류를 받게 되었다. 그날 일을 계기로 그 사람이 한 두건 씩 서류를 받더니 결국은 그 상담사가 그 사무실의 담당자가 돼버렸다. 그전 있던 담당자는 친하다는 이유로 자주 연락도 되지 않고, 시간도 지키지 않고, 일도 대충대충 하던 차에 완전히 짤려 버린 것이다. 성실함으로 그 상담사는 그 자리를 차지했다.

성실함은 책임감을 뜻한다. 성실한 태도는 다른 사람들과의 관계에서도 신뢰를 받을 수 있기 때문이다. 영업 일은 어떤 달은 실적이 좋고 어떤 달은 바닥을 치고 항상 매달이 롤러코스터이다. 평소대로 했는데도 안될 때는 나는 기본에 충실해 볼려고 한다. 초심으로 돌아가 보는 거다. 그러다 보면 어느 부분에서 소홀했는지를 알 수도 있다.

기본이 탄탄한 사람은 쉽게 무너지지 않는다. 처음은 조금 힘들더라도 꾸준함으로 올바른 습관을 만드는 게 중요하다. 습관은 평범한 사람이 성공할 수 있는 유일한 방법이라고 했다. 내 안의 또 다른 나를 끄집어낼 수 있도록 꾸준함을 장착해보자.

5

위기 속 기회 알아 차리기

2007년 세계적인 금융위기가 왔다. 서브 프라임모기지 사태가 터졌다. 미국에서 부동산 거품이 꺼진 후 부동산 가격의 급락이 모기지론 부실로 인해 부동산 투자 침체, 소비자 지출 및 사업 투자가 감소하는 현상이 일어났다.

금리가 천정부지로 올라서 대출이 거의 올스톱이 되어 버렸다. 한 몇 달간 버티다 나간 사람도 생기고 나에게도 위기가 찾아왔다. 막연히 '큰일났다! 어쩌지' 하고 생각만 하며 시간을 보냈다. 지금 생각하면 언제든지 그런 위기가 올 수도 있다는 것을 감지하고 미래에 대한 대비를 했어야 했는데 그런 위기들을 몇 번씩 겪은 지금에야 심각함을 깨닫고 준비를 하고 있다. 코로나를 거치며 경기는 더욱더 힘들어졌다. 지금도 집값 폭락과 금리 인상,

자영업자들은 코로나도 인해진 빚들을 갚기 위해 제3금융으로 몰리고 있는 실정이다. 나 또한 할 일이 없으니 우울해지기 시작했다. 아무것도 할 일이 없으니 무기력해지고 그런 날들이 지속되면서 헤어 나오기가 쉽지 않았다.

새무얼 스마일즈의 저서 인격론에서는 '아무 일도 하지 않는 것은 정신적으로도 육체적으로 생명을 단축시키는 일이다. 몸을 움직이지 않으려는 것보다 정신이 게을러지는 쪽이 훨씬 두려운 일이다'라고 한다. 가장 위험한 것은 한가로운 시간이라고. 사고의 전환이 필요하다. 불행 중 다행이라 해야 하나 일이 없으니 시간이 많이 생겼다. 나쁜 게 있음 그 반면에 좋은 점도 있는 법이다. 과거의 무의미하게 보낸 시간들을 되풀이할 수는 없다. 이제는 100세 아닌 재수 없으면 200살까지도 살 수 있다는 우스갯소리를 한다. 평균적으로 은퇴 후 30~40년은 더 살아야 하는 이 시점에 우리가 할 수 있는 것을 찾아야 한다. 하고 싶은 것도 없고 뭘 해야 될지 모를 때는 책을 읽어 보라고 얘기한다. 책 읽기는 그 어떤 행위보다도 내용에 관한 생각을 키워주기 때문이다.

어떤 작가는 살기 위해서 매일 1일 1독서를 시작해 3년 10개월 동안 1천 권 독서를 하며 독서의 기쁨을 알게 되었고 자신을 사랑하는 법을 배웠다고 한다. 책을 통해 인생이 바뀌었다는 자기 계발서는 나에게 큰 희망을 주었다. 개그맨인 고명환 씨도 교통사고로 죽음의 문턱에서 책을 통해 새 삶을 살고 있다. 인생의 부를 이루는데도 내공이 필요함을 알고 새벽 4시에 일어나 하루 10시간씩 책을 읽고 끊임없이 질문함으로써 작가로서 성공한 사업가로서의 인생 2막을 살고 있다. 이런 사례들을 보며 나도 그중 한 사람이 되지 말라는 법이 없지 않은가. 그나마 다행인 게 나에게도 지적인 호기심과 욕심은 있어서 틈틈이 읽어오던 책을 본격적으로 읽기 시작했다.

6

취미 독서에서 목적이 이끄는 독서로

작년부터 시작된 나의 온전한 새벽시간 5시.

출근하기 전 두 시간 정도 나의 시간을 가진다. 창문을 닫고 있으면 이 세상에 나뿐이 없는 듯 사방이 조용하다. 이때 나는 책을 읽는다. 새벽시간은 집중이 잘 되기 때문에 조금은 이해력을 요하는 책을 읽고, 출근하는 차에서는 주로 오디오 북을, 낮에는 틈틈이 조금 맘 편히 읽을 수 있는 가벼운 책을, 저녁에는 아침 읽던 책을 읽던지 아님 북클럽에서 토론할 책을 본다던지 보통 약속이 없는 날은 이런 식으로 일상생활을 책으로 대체해 버렸다. 거인의 노트 저자인 김익환 교수님은 '양질전화 量質轉化' 노력도 양이 많아지면 질적인 전화, 즉 변화가 온다고 한다. 책들을 읽으면 꼬리에 꼬리를 무는 목적이 있는 독서가 된다. 저자가 소개한 책, 저자가 읽고 감동받았던 책, 누가 시켜서가 아니라 읽으면서 어떤 점에서 추천했는지, 또 어떤 면에서 감동받는지 궁금해지기 때문이다. 책을 읽고 작가와 나의 생각을 비교해 보는 일도 책

읽기의 백미이기도 하다. 나에게 책은 망망한 대해의 등대와 같은 존재이다. 중심점이 없던 나에게 희망의 길을 안내해 주기도 하며 수많은 사람들의 경험과 지혜를 나는 잘 활용만 하면 되는 거다.

그런데 하나의 문제가 생겼다. 책을 읽어도 머릿속에 깊이 남지를 않았다. 돌아서면 잊어버리는 것이다. 책을 무조건 읽어서는 안 된다는 것을 그 또한 책 속에서 길을 찾았다.

이정훈 작가는 글쓰기 없는 책 읽기는 시간낭비라 했다. 글쓰기를 통해 추상적 느낌의 차원이 아닌 내 것 화를 만들지 않으면 읽지 않는 것만 못하며 글쓰기를 통해야만 무엇을 어떻게 해야 할지를 분명히 알게 된다고 얘기한다.

그냥 취미로 읽던 책들이 지금은 목적을 가진 독서로 바뀌다 보니 나에게도 변화가 생겼다. 어느 순간 막연했던 나에게 '원씽' 이라는 단어가 새겨졌다. 나도 글을 쓰고 작가가 되고 싶다는 생각이 들기 시작했다. 요즘은 누구나가 작가가 될 수 있다. 예전처럼 공모를 통해 등단을 해야만 하는 것이 아니라 전자책이나 브런치, sns등 여러 매체를 통해 나를 표현할 수 있는 것이다.

구체적인 목표가 생기니 파생적으로 해야 할 일들이 많아졌다. 나를 좀 더 표현하기 위해 스피치 공부의 필요성도 느끼고, 독서지도사 자격증을 따서 체계적으로 책을 읽고 다른 사람에게도 알려주고 싶다. 나의 일상이 다양해지고 있다.

이전에는 퇴근 후 잠들 때까지 TV를 보다가 자기 전 잠시 책을 보든지 아님 주위 사람들과의 맥주 한 잔으로 시간을 보냈었는데 이제는 TV 볼 시간이 없다. 해야 할 일들이 너무나도 많기 때문이다. 하고 싶었던 공부들로 시간이 모자란다. 글쓰기 강의며, 저자들의 특강, 조금만 주위를 둘러보면 들어야 할 강의 등등. 앞으로 AI랑 경쟁하며 사는 시대이기 때문에 노력하지 않으면 말 그대로 사람 취급받기 힘들 수도 있다.

이제는 누가 어떤 옷을 입고 어떤 가방을 들고 다니는지가 너무나 시시해져 버렸다. 예전에는 돈 버는 목적이 가방을 사기 위해 버는 것처럼 가방만 그렇게 샀는데 지금은 가볍고 실용적인 에코백 하나면 충분하다. 가방 안에 무엇을 담고 있는지가 중요해져 버렸다.

나처럼 막막하고 뿌연 안개 속이라면 독서를 해보라고 권해주고 싶다. 어느 순간 나에게 질문이 많아지는 순간이 있을 것이다.

내가 하고 싶은 것이 무엇인지 물어보게 되고, 진짜 하고 싶고, 하면 즐거운 일이 무엇인지 분명 공통된 교집합이 생길 것이다.

최근 최진석 교수님의 '인간이 그리는 무늬'를 읽고 '자기 살해' 라는 단어를 접하게 되었다. 기존의 자기와 결별하지 않고는 절대 새로운 자기를 만날 수 없다는 의미를 강조하기 위해 자기 살해라는 강력한 단어로 표현했다고 한다. 뒤통수를 한 대 세게 얻어맞은 것처럼 강렬하게 나에게 다가왔다. 안되는 이유, 할 수 없는 핑계를 대며 자기합리화에 익숙해진 나에게 큰 깨달음을 주는 글이었다.

'원하는 것을 해라. 그래야 오래 할 수 있고, 오래 해야 잘할 수 있으며, 잘할 수 있어야 행복하다'

난 요즘 내 삶이 조금은 풍부해짐을 느낀다. 비록 책 속에 있는 길이 내 길이 아니라 작가의 길이기는 하지만 그 길을 가본 수많은 사람들의 경험을 통해 새로운 나의 길을 만들 수 있기에 나에게도 희망이 생겼다. 다가오는 미래가 그다지 불안하지는 않다.

데미안의 피스토리우스의 말처럼 나 자신에게로 가는 길에서 또 한 걸음 나아가는 것이기 때문이다.

'멈추면 비로소 보이는 것들'이라는 책의 제목처럼 지금 현재 내가 어느 시점에 와있는지 한 번쯤 멈추어 서서 돌아보길 바란다. 숨 한번 크게 내쉬고 앞으로의 내 삶을 응원해 보자.

습관은 평범한 사람이 성공할 수 있는 유일한 방법이라고 했다. 내 안의 또 다른 나를 끄집어낼 수 있도록 꾸준함을 장착해보자.

어서와, 이탈리아는 처음이지?

-이탈리아에서 신생아가 되다

작가소개 에레

덜컥 시작한 이탈리아 결혼 생활, 덕분에 쓰디쓴 인생의
맛을 제대로 느끼고 있습니다. 그 과정 속에서 얻은 달콤한
성장을 기록합니다.

어서와, 이탈리아는 처음이지?
-이탈리아에서 신생아가 되다

에레

1

아이스 아메리카노 1 –아이스 커피에 진심인 한국인

넘칠 정도로 얼음을 가득 담아낸 잔에 진하게 내린 에스프레소 더블샷을 부으면 달그락 소리와 함께 얼음이 녹아내려 공간이 생긴다. 그곳을 물로 채워 휘휘 저어주면 얼음이 잔에 부딪히는 영롱한 소리를 내며 더위를 싹 날려줄 아이스 아메리카노가 탄생한다.

'얼죽아' 즉, 얼어 죽어도 아이스 아메리카노를 마시는 사람을 뜻하는 말로 한국인의 남다른 아이스 아메리카노 사랑을 알 수 있다. 푹푹 찌는 더위 탓에 온몸이 불어 터진 어묵처럼 흐물거리는 여름이 오면 거리는 너나 할 것 없이 얼음이 가득한 커피를 들고 다니는 사람들로 넘쳐난다. 그뿐만 아니라 살을 에는 추위로 발을 동동 구를지언정 커피만큼은 아이스 아메리카노여야 한다는 사람들이 가득한 곳이 바로 대한민국이다. 이렇게 아이스 커피에 대한 사랑이 유별난 나라에서 온 검은 머리 외국인인 나는 얼죽아까지는 아니지만 아이스 바닐라 라테를 사랑하던 사람이었다. 이런 내가 에스프레소의 본고장 이탈리아에서 무엇보다 이해되지 않았던 점이 바로 아이스 커피를 마시지 않는 것이었다.

이슬람 국가에서 마시던 커피는 상인들에 의해 유럽 무역의 중심지였던 베니스로 들어왔으며 유럽 최초의 카페인 카페 플로리안이 문을 연 곳도 바로 베니스라고 한다. 카페의 등장으로 커피가 대중화되자 많은 사람에게 더 빨리 제공하기 위해 증기압을 이용한 커피 추출법이 생겨나기 시작했고 기술 발전을 통해 고온의 물을 적정 압력으로 빠르게 통과시켜 낸 커피가 탄생했다. 그것이 바로 에스프레소이다. 'espresso'는 이탈리아어로 '급행, 속달'이라는 뜻으로 주문 후 즉시 마실 수 있는 빠른 커피를 뜻한다. 이후 많은 이탈리아인들이 세계 각국으로 이주하면서 이탈리아식 커피도 전 세계로 퍼져나갔다.

일은 물론이고 잠을 줄여가며 노는 것조차도 열심히 하는 한국인들은 '커피 수혈'이라는 신조어를 만들어 냈다. 이러한 커피 사랑 덕분에 우리가 이탈리아어를 꽤 알고 있다는 사실은 모를 것이다. 무슨 말이냐고? 우리가 마시는 커피의 명칭이 대부분 이탈리아어로 되어있기에 정확한 뜻은 모르지만, 일상에서 자연스럽게 사용하고 있다는 말이다.

부드러운 거품이 일품인 카푸치노(cappuccino), 우유의 고소한 맛이 좋은 카페라테(caffè latte)도 이탈리아어다. 카페(caffè)는 커피를 뜻하며 라테(latte)는 우유를 뜻하는데 한국에서 라테를 달라고 하면 카페라테가 나오겠지만 이탈리아에서는 우유만 나올 테니 주의해야 한다. 또한 우리가 별다방이라 부르는 스타벅스의 창업자 하워드 슐츠가 이탈리아 여행 중 영감을 받아 스타벅스 음료 크기에 이탈리아어를 사용하게 되었다.

덕분에 우리는 그란데 사이즈, 벤티 사이즈라는 말을 사용한다. 그란데(grande)는 '커다란'이라는 뜻이고 벤티(venti)는 숫자 20을 뜻하는데 스타벅스의 벤티 사이즈는 591ml로 20oz라고 적혀있다. 즉, 온스로 했을 때의 크기를 뜻한다. 이렇게 커피 덕분에 한국 사람들은 일상에서 이탈리아어를 사용하고 있다.

한국인에게 카페란 커피 한 잔에 친구들과 무한 수다를 떨 수 있는 곳이자 때론 소모임 장소 혹은 학생들의 스터디룸이 되기도 한다. 커피를 파는 것이 아니라 공간을 파는 것이라는 말이 있을 정도로 오랜 시간 머무르는 곳이다. 그렇다면 'made in Italy' 중 가장 성공한 것으로 꼽히는 에스프레소가 탄생한 이탈리아의 카페 풍경은 어떨까.

2

아이스 아메리카노 2 -이탈리아 카페와
한국 카페의 다른 점

스스로 커피를 잘 안다고 생각했다. 100미터 거리에 다수의 커피전문점을 볼 수 있을 정도로 한국 내 커피 소비가 활발해졌고 이탈리아식 아이스크림인 젤라토 매장에서 일하게 되면서 커피에 관한 책도 읽었기 때문이다. 그러나 에스프레소의 본고장 이탈리아에서 카페에 간 날, 계산대 뒤로 빼곡히 나열된 메뉴판을 볼 수 있는 한국과는 달리 그곳엔 가격이 적혀있는 메뉴판이 없었다. 대신 각종 알코올 병이 가지런히 나열된 모습에 당황스러웠다. 메뉴판 없어 놀란 가슴 화려한 술병들 때문에 두 번 놀란 것이다. 주류를 판매하지 않는 한국과는 전혀 다른 모습에 정말 다른 나라에 와있다는 것을 실감했을 정도로 너무나 달랐다. 덕분에 방송에서 한국을 처음 방문한 이탈리아 사람들이 카페에 맥주가 없다는 사실에 어리둥절한 모습을 보인 이유를 그제야 이해할 수 있었다.

이탈리아의 카페는 매장에 따라 빵과 젤라토는 물론 맥주, 와인, 칵테일까지 마실 수 있다. 카페와 바가 합쳐진 듯한 모습으로 실제로 커피숍을 카페테리아(caffeteria) 또는 바(bar)라고 부르는데 후자를 더 많이 사용하며 확연히 차이 나는 인테리어만큼이나 다른 점이 많다.

첫째, 진동벨이 없다. 진동벨이 없기에 앉아 있으면 식당처럼 주문받으러 오기도 하고 바에 있는 직원에게 주문 후 앉아 있으면 테이블까지 커피를 가져다준다. 한국도 지금처럼 카페라고 불리기 전, 그 옛날 다방 혹은 커피숍이라 불리던 시절엔 종업원이 손님 테이블까지 커피를 가져다주었을 것이다. 그러나 진동벨의 등장 덕분에 적은 인원으로 효율적으로 매장을 운영할 수 있게 되자 카페는 물론 많은 타 매장에서도 사용하기 시작했다. 이처럼 한국 사람들에겐 너무나 익숙한 진동벨이지만 아직 이탈리아에서 본 적은 없다.

둘째, 반납대가 없다. 한국은 매장에서 커피를 마신 후 반납대라는 곳에 잔을 놔두게 되어있지만, 이탈리아는 반납할 필요 없이 자리를 뜨면 직원이 알아서 치운다. 처음엔 내가 머문 자리를 치우지 않는 것이 불편하게 느껴져 때때로 다 마신 잔을 가져다주기도 했다. 조금씩 익숙해지면서 불편한 감정도 누그러들었지만, 자리를 뜨면서 한 번쯤 뒤를 돌아보게 되는 건 아직도 어쩔 수가 없다.

셋째, 후불이 많다. 지역에 따라 차이는 있으나 동네 작은 카페들은 선불이 아닌 요금을 후불로 지불하는 곳이 많다. 내가 사는 동네 카페는 모두 후불이지만 대형 쇼핑

몰에 있는 카페의 경우, 한국처럼 주문과 동시에 요금을 내고 그 영수증을 바에 있는 직원에게 보여주면 커피를 만들어 주기도 한다. 이렇듯 비슷한 듯 다른 카페 문화 탓에 한국에선 한글을 모르는 외국인이라도 눈치껏 사진을 보고 주문할 수 있지만 이탈리아에 가면 그게 불가능할지도 모른다. 혹시 당신이 커피를 사랑하는 사람이라면 카페에서 사용할 이탈리아어를 공부하고 갈 것을 추천한다.

이탈리아 카페는 카멜레온처럼 오전, 오후, 저녁 풍경이 제각각 다르다. 아침엔 모두 브리오슈라고 불리는 빵과 카푸치노를 마시는 사람들로 넘쳐나며 주말 아침엔 아이를 데리고 온 가족들이 많다. 아침부터 누텔라 초콜릿이 듬뿍 들어간 빵을 와구와구 먹는 아이들을 보면서 자신도 모르게 눈살을 찌푸리곤 한다. 삼시세끼 쌀밥을 먹고 자란 내 눈엔 설탕으로 가득한 이탈리아식 아침 식사가 더할 나위 없이 건강에 나빠 보이기 때문이었을까. 무어라 표현할 수 없는 답답함이 단전을 짓누르지만 애써 두 눈을 질끈 감고 눈앞에 놓인 커피잔에 시선을 돌린다. 오후엔 오전에 비해 매우 한산하며 간혹 신문을 보는 어르신이나 이야기를 나누는 사람들을 종종 볼 수 있다. 그 외에는 잠깐의 휴식 시간에 바에 서서 금방 내린 신선한 에스프레소에 설탕을 넣고 휘휘 저은 뒤 훅 들이키고는 재빨리 일터로 돌아가는 사람들이 대부분이다. 카페의 저녁은 아침과는 다른 분위기로 활기를 띤다. 저녁 식사를 8시 혹은 9시, 여름이면 더 늦은 시간에 먹기도 하는 이탈리아 사람들에겐 아페리티보라(aperitivo)는 문화가 있다. 저녁 식사 전에 간단히 요기할 안주와 함께 입맛을 돋울 식전주를 마신다.

이렇듯 커피를 판다는 공통점이 있지만 한국과는 전혀 다른 커피 문화를 가진 이탈리아다. 한국과는 다르다는 것을 인정하지만 칵테일을 팔기에 얼음이 있음에도 불구하고 아이스 아메리카노는 팔지 않는 이유가 머리론 좀처럼 받아들이기 어려웠다. 차갑지 않으면 또 어떠한가! 따뜻한 아메리카노야말로 달콤한 입안을 깔끔하게 만들어 주어 케이크를 무한대로 먹게 만드는 마법의 음료이지 않은가. 평소엔 우유가 든 커피를 마시는 나지만 디저트를 먹을 때만큼은 아메리카노를 먹을 정도인데 이탈리아 사람들이 그 특별함을 모르는 것이 그저 안타깝게 느껴졌다.

우리가 김치에 대한 무한한 자부심이 있듯 커피에 대한 자부심을 가진 이탈리아 사람들은 커피에 물을 탄다는 것 자체를 용납할 수 없다는 태도를 보이곤 한다. 유튜브에 '이탈리아 사람 아메리카노'라고 치면 아주 많은 영상을 볼 수 있다. 경악을 금치 못하는 그들의 표정을 보는 것이 한국인 입장에선 매우 재미있지만, 생각의 차이까지 이해할 수는 없다. 이탈리아 사람들은 커피의 맛을 물로 희석하면 아무 맛도 느낄 수 없다고 생각하는데 거기에 얼음까지 넣는 건 더 용납할 수 없는 행위일지도 모르겠다. 나는 모든 커피에 꼭 설탕을 넣어 마시는 이탈리아 사람들을 보면서 솔직히 설탕으로 인해 커피 맛을 못 느끼는 건 매한가지 아닌가 하는 생각을 하곤 한다. 그러니 어째서 바닐라시럽이나 캐러멜시럽은 넣어 마시지 않는 건지 꼬리에 꼬리를 무는 의문만 커질 뿐 속 시원하게 답해주는 사람은 어디에도 없다. 다양한 시럽이 없으니 당연히 헤이즐넛 향 커피도 없다. 헤이즐넛은 악마의 맛, 누텔라를 만드는 데 써야 하기에 시럽을 만들 넛 따위 남아 있지 않아서 없는 건가 하는 상상의 나래를 펼쳐보는 나는야 어쩔 수 없는 검은 머리 외국인이다.

 이탈리아에서는 에스프레소에 시럽 대신 도수가 높은 알코올을 섞어 마시곤 한다. 카페인과 알코올이라니 보기만 해도 내 약해빠진 위는 울분을 토할 것 같은 조합이다. 아무리 애써도 결코 이해할 수 없는 문화차이를 나는 그저 받아들여야 하겠지. 이탈리아 사람들에게 아메리카노란 아마도 한국인인 내가 쌈장을 빵에 발라먹는 이탈리아 남편을 보며 경악하는 것과 같은 느낌이라고 그저 추측할 뿐이다.

3

아이스 아메리카노 3 −이탈리아 남편을 홀린 아이스 커피

이탈리아 커피에 대한 자부심으로 똘똘 뭉친 남편도 처음엔 아메리카노를 만들어 마시는 나를 한심한 눈빛으로 바라보았다. 한국의 날씨와 아메리카노의 맛을 아무리 설명해도 그는 심드렁한 표정을 지을 뿐이었다. 나는 로마에 왔으면 로마법을 따르라는 것과 취향 존중 그 사이에서 후자를 택했다. 남편이 푸른곰팡이가 가득 핀 고르곤졸라 치즈를 포기할 수 없듯이 나도 커피 취향을 포기할 수 없었다. 그러던 어느 무더운 여름, 검은 머리 동양인 아내 덕분에 이탈리아 남편은 아이스 아메리카노의 매력에 눈을 뜨게 되었다.

함께 외출한 찌는듯한 여름날, 곰 같이 덩치가 큰 남편은 그날도 어김없이 땀을 뻘뻘 흘리고 있었다. 내 가방 속에는 짤그랑짤그랑 얼음 소리를 내는 텀블러가 있었고 그 속엔 설탕을 탄 달콤 쌉싸름한 아이스 아메리카노가 가득 담겨 있었다. 평소엔 시큰둥한 반응을 보이는 남편 도 그날따라 너무 더웠는지 내가 건네는 텀블러를 받아 들고 연신 고개를 뒤로 꺾으며 목을 축였다. 그리고 놀란 토끼 눈을 뜨고 내게 말했다.

"뭐야? 달콤해! 맛있어!"
"그치? 그것 봐, 여름엔 아이스 아메리카노라니까! 아니 도대체 왜 이탈리아엔 이걸 안 파는 거야?"

이렇게 시원하고 맛있는 커피를 마셔 볼 수 있는게 다 한국인 아내를 둔 덕이라는 듯 한껏 득의양양한 표정을 그에게 지어 보였다. 이후 남편은 종종 집에서도 스스로 아메리카노를 만들어 마시며 나쁘지 않다고 평했다. 피자 1조각에 질려하던 한국 여자는 1인 1 피자가 가능해졌고 물에 희석한 커피는 최악이라던 이탈리아 남자는 아메리 카노의 매력에 빠져들며 그렇게 서로에게 조금씩 물들어 갔다.

아메리카노의 매력을 알게 된 이탈리아 남편을 등에 업 은 김에 카페에 가서 아이스 아메리카노를 주문해 보기 로 했다. 커피 부심을 가진 이탈리아 사람들에겐 경악할 지 모를 주문이지만 난 머리끝부터 발끝까지 누가 봐도 외국인이니 내심 너그러이 주문에 응해주지 않을까 하는 기대도 있었다. 동네 카페 두 군데에서 시도한 결과, 매장마다 방법이 모두 달랐고 심지어 같은 매장이지만 만드는 사람에 따라 다르게 만들었다. 어떤 곳은 에스프레소와 얼음 컵 그리고 따뜻한 물을 주기도 했고 어떤 곳은 휘휘 저어버려 얼음이 다 녹아버린, 따뜻하지도 차갑지도 않은 커피를 주기도 했다. 그렇게 주문할 때마다 내겐 너무나 당연한 아이스 아메리카노를 평생 단 한 번도 만들어 본 적이 없는 것은 물론이고 마셔본 적도, 구경조차 해본적 없는 사람이 만든 것 같은 커피들이 눈앞에 놓였다.

커피 한 잔을 시켰을 뿐인데 테이블 위에 여러 잔들이 나열되는 것을 보며 웃기기도 했고 번거롭게 만들었다는 생각에 미안하기도 했다. 내 앞에 놓인 커피를 흘깃 쳐다보는 사람들도 있었으며 작은 시골 동네에 흔치 않은 동양인을 빤히 쳐다보는 아이들도 있었다. 민폐일지 모르니 아이스 커피를 주문해도 되냐는 아주 조심스러운 물음에 본인도 새로운 시도라며 흔쾌히 승낙해 주고 제대로 만들었냐며 물어오던 카페 주인의 친절함은 잊을 수 없다. 나의 작은 용기는 이렇게 소중한 추억을 남겼다.

이탈리아의 여름은 햇살이 정말 강렬하다. 아프리카에서 넘어오는 열기로 기온이 40도 가까이 오르기도 한다. 장마가 시작되면 몇 날 며칠 해 구경이 어려운 한국과는 달리 이곳은 비 구경이 어렵다. 치솟는 높은 기온에도 불구하고 여름을 견딜 수 있는 이유는 한국에 비해 훨씬 낮은 습도 덕분이다. 이른 아침과 저녁은 선선하며 온몸이 끈적이는 불쾌함도 없다. 한국은 열대야로 사람들이 더위에 잠 못 이루는 밤들이 이어지지만, 이탈리아에선 해가 지면 높았던 기온도 조금씩 떨어진다. 그렇기에 초여름만 되어도 땀띠로 고생하던 나는 이탈리아 생활을 시작한 이후 땀띠가 나본 적이 없다.

이탈리아에서 보내는 첫해, 한국 여름이 익숙했던 내 몸은 땀 한 방울 흘리지 않고 여름을 났다. 입은 여전히 아그작 아그작 씹히는 얼음과 냉면, 빙수 등 한국 음식을 그리워했지만, 몸은 아주 천천히 이탈리아 기후에 적응하고 있었다. 그렇게 한 해, 두 해 시간이 지날수록 나도 땀이란 것을 흘리기 시작했고 남편은 꿉꿉해 죽겠다던 미미한 습도도 느끼게 되었다.

이탈리아 생활 4년 차부터 전에는 이해되지 않았던 의문들이 조금씩 풀리기 시작했다. 에어컨이 없는 식당, 도시, 시골 할 것 없이 야외 테이블이 놓인 거리, 나는 자야 할 시간에 시작하는 저녁 식사, 집 안으로 들어오는 모든 햇빛을 차단한 창문 등 불만을 가졌던 모든 것들이 조금씩 이해되었다. 식당에 에어컨이 없는 건 아무리 강렬한 햇빛이 내리쬐는 여름에도 그늘막이 있는 야외라면 식사하는 데 문제가 없기 때문이었다. 이탈리아 사람들은 한국인들처럼 태양을 피하기보다는 조금이라도 더 그을린 피부를 만들기 위해 남녀노소 할 것 없이 햇볕을 쬔다. 이후 해가 지기 시작하는 오후 8시, 선선한 바람이 불기 시작하면 야외에서 식사를 즐기기 때문에 에어컨이 굳이 필요 없을 수도 있겠다는 나만의 결론을 내렸다.

시원한 얼음으로 모든 더위를 날려 버리는 한국과는 달리 굳이 얼음이 필요 없는 기후인 이탈리아. 몸이 이곳 날씨에 점점 익숙해지자 오독오독 얼음을 씹고 나서 추위에 파르르 떠는 날이 생기기 시작했고 동네 카페에서 아이스 커피를 주문하던 횟수도 점차 줄어들었다. 이처럼 처음엔 머릿속을 물음표로 가득 채웠던 의문들이 경험을 통해 점차 느낌표로 변했고 다름에서 오는 문화차이를 조금씩 이해하게 되었다. 고작 아이스 아메리카노를 팔지 않는 이유를 이해했다고 해서 모든 차이를 알게 됐다고 할 수는 없다. 아직은 '도대체 왜~!'하며 마음의 소리를 내지르는 경우가 더 많지만, 가랑비에 옷 젖듯 아주 천천히 그리고 조금씩 이탈리아를 이해해 가는 중이라고 믿는다.

4

네 죄를 네가 알렸다!

인터넷상에 한국인의 친절함에 대한 이야기가 담긴 영상이나 글을 본 적이 있다. 주류를 가득 담은 트럭에서 병들이 와르르르 쏟아져 깨졌을 때 학생, 어른 할 것 없이 나서서 치운 이야기, 한국 여행 중 택시에 소지품이 든 가방을 두고 내렸는데 되찾았다는 이야기 등등 믿을 수 없다는 반응과 한국에 가보거나 살아본 외국인들이 사실이라며 자기 경험을 말하는 등 썰전을 펼치기도 한다.

한국인은 사진을 찍어달라고 부탁하면 본인의 사진인 것처럼 성심성의껏 찍어주고 도움이 필요한 외국인을 기꺼이 도와주려는 사람들도 많다. 특히 한국어가 어눌한 외국인에겐 한 글자씩 또박또박 천천히 말해준다. 외국 출신 아이돌이 많은 요즘, 방송에서도 이런 모습을 흔히 볼 수 있다. 예를 들면 강호동이 구 아이즈원, 현 르세라핌의 일본 출신 멤버 사쿠라와 함께 촬영한 적이 있었다. 그때 한국어가 서툰 사쿠라를 위해 강호동은 천천히 말하기도 하고 이해했냐고 물어봐 주기도 하며 방송 촬영 내내 그녀를 배려하는 모습을 보였다. 이처럼 한국에선 한국어를 어려워하는 외국인에게 천천히 말해주는 것이 보통이다. 하지만 과연 다른 나라도 그럴까.

굳이 어눌한 이탈리아어를 말하지 않아도 머리부터 발끝까지 생김새가 전혀 다른 나는 누가 봐도 외국인이다. 그러나 이탈리아 사람들은 편견이 없다. 즉, 외국인이든 이탈리아어가 서툴든 상관없이 아주 빠른 속도로 말한다. 이곳의 문화, 언어 그 어떤 것도 아는 것이 없었던 나에겐 이탈리아어는 빠르다 못해 외계어처럼 들렸다. 마치 영화〈슈퍼 배드〉에 나오는 미니언즈들이 10배속으로 말하는 것 같았달까. 말을 못 하니 이미 스스로 주눅이 들어있는데 조금의 자비도 없이 빠른 속도로 말하는 이탈리아 사람들의 태도에 작아지다 못해 먼지가 되어 버렸다. 멘탈도 파사삭 부서져 점점 더 입을 닫게 되었다. 처음엔 내가 만난 사람들이 유독 불친절한 사람들이라고 생각했다.

그러나 얼마 지나지 않아 그 속에 이탈리아 남편도 포함되게 되었다. 이탈리아어를 배우기 시작하자 남편은 나의 질문에 빠른 속도로 답했다. 당연히 알아들을 수가 없었다. 천천히 말해도 모르는 것투성이인데 재차 되묻는 나를 그는 몹시 답답해했다. 때로는 몇 번을 말했냐고 핀잔을 주기도 했다. 소심한 나는 남편의 태도에 서러웠고 서운한 감정은 소복소복 쌓여만 갔다. 그러던 어느 날, 이탈리아어 독학을 위해 구매한 교재 첫 페이지에 이탈리아 사람들의 빠른 말투에 관한 글을 읽게 되었다. 글에는 이탈리아에 사는 외국인들이 하는 불평 중 하나가 사람들이 너무 빨리 말한다는 내용이 적혀있었다. 그동안 만난 사람들의 행동이 이탈리아에서 보편적이고 당연하다는 사실 자체에 어이가 없었다.

'아니, 외국인을 위한 언어 교재에 이게 첫 페이지에 실릴 정도라고? 정말 다 이런다고? 무엇이 이런 차이를 만드는 것일까? 이탈리아 사람들은 바쁘다는 말을 입버릇처럼 내뱉는 한국인과는 달리 늘 여유로운데 어째서 언어가 어눌한 외국인에게 천천히 말해주는 잠깐의 친절을 베풀지는 않는 걸까?'

생각은 꼬리에 꼬리를 물었다. 그들을 이해할 수 있다면 조금 더 용기 낼 수 있을 테니 말이다. 그러나 고심 끝에 내린 나의 결론은 조금 삐딱선을 탔다.

'이탈리아에서 현지어가 서툴면 그저 내 탓, 못 알아들어서 죄송합니다~라고 해야 하는 거구나, 흥!'

수청을 거부한 춘향이에게 사또 변학도가 '네 죄를 네가 알렷다!'하고 외쳤다. 이 말이 떠오르는 것은 왜일까. 이탈리아어를 못해 받은 눈총이 수청을 거부했다고 맞은 매처럼 조금 억울하게 느껴졌기 때문인지도 모른다. 변사또가 넘쳐나는 이탈리아에 나와 같은 검은 머리 춘향이가 오게 된다면 미리 말해주고 싶다. 억울한 매질을 당하지 않으시려거든 열심히 공부하고 오시옵소서!

5

콩 한 쪽을 왜 나눠 먹어? 내가 먹어야지!

형제, 자매가 있는 사람이라면 누구나 부모님께 들었을 말, 그건 바로 '콩 한 쪽도 나눠 먹어야 한다'이다. 내가 어렸을 적엔 귀한 외동이든 밥그릇 싸움을 해야 하는 형제들이 많은 사람이든 상관없이 누구나 사이좋게 나눠 먹으라는 말을 들으며 자랐다. 부모님뿐만 아니라 유치원에서도 학교에서도 심지어 학교 밖 어른에게까지 같은 말을 들으며 자라는 것이다. 아이는 자라서 어른이 되고, 부모가 되어 자기 아이에게 같은 말을 해주기 때문일까. 한국인의 피에는 나누는 것을 자연스럽게 느끼는 DNA가 흐르는 듯하다. 그렇다. 나는 콩 한 쪽도 나눠 먹는 것을 당연하게 생각하던 시절의 대한민국에서 나고 자랐다.

이탈리아에 살다 보니 한국인들은 맛있는 음식을 사랑하는 사람들과 나누고 싶어 한다는 것을 알 수 있었다. 친구와 식당에 가면 굳이 말하지 않아도 서로 다른 메뉴를 시켜 나눠 먹고, 상대에게 '한 입 먹을래?' 혹은 '한 입만!'을 말하는 것도 한국에선 자연스럽다. 그러나 이탈리아에 살게 된 나는 맛있는 걸 먹으면 진실의 미간을 찡그리며 옆 사람에게 어서 빨리 먹어보라고 재촉하는 모습을 이제 TV 속에서나 볼 수 있다.

일본 워킹 홀리데이 시절, 어학원 친구들 그리고 일본 선생님과 함께 식당에 간 적이 있었다. 그때 선생님께서 '우리 다른 메뉴를 시켜서 나눠 먹을까요?'라는 말 뒤에 붙인 말이 '한국 스타일로'였다. 내게는 너무나 당연한 음식을 나눠 먹는 문화가 일본에서는 흔한 것이 아니라는 생각을 못 했던 나는 당시 그 말의 의미를 정확히 이해하지 못했다. 시간이 한참 흐른 뒤, 일본 문화에 관련된 책을 읽고 나서야 가깝고도 먼 나라 일본에서는 한국처럼 나눠 먹는 문화가 당연한 것이 아니란 걸 알게 됐다. 그리고 일본인 선생님이 굳이 '한국 스타일'이라는 말을 덧붙인 이유를 그제야 이해하게 되었다. 이러한 사실을 알게 된 후 곰곰이 일본 드라마의 식사 장면들을 떠올려 보았다. 한 상 차림에 반찬을 나눠 먹는 한국과는 달리 일본은 가정 내에서도 각자의 반찬을 두고 먹는 모습을 여러 차례 봤음에도 불구하고 왜 다른가에 의문을 가져 본 적도 없었다는 것을 깨달았다.

예를 들어, 두 사람이 길을 가다 한 사람이 타코야키를 샀다고 가정해 보자. 이 상황에서 한국인과 일본인은 무엇이 다를까. 한국인이라면 돈을 누가 내었든 함께 먹고 있을 가능성이 크다. 그러나 일본인은 돈을 지불한 사람 혼자만 먹고 있을 확률이 높다. 실제로 일본에서 이런 장면을 자주 목격했다. 이렇듯 경험했음에도 불구하고 나는 여전히 나눠 먹는 것을 당연하게 생각하는 DNA를 장착한 채로 이탈리아 생활을 시작했기 때문인지 도무지 이해할 수 없는 두 가지가 있었다. 그 중 첫 번째는 거절했음에도 불구하고 먹을 때까지 권하는 것이었다.

남편의 가족들과 함께 식당에 갔을 때의 일이다. 이탈리아어를 전혀 몰랐던 당시의 나는 그저 조용히 앉아 음식이 나오길 기다리고 있었다. 식전 빵으로 갓 구운 빵이 나오자 다들 하나씩 먹으며 이야기를 나눴다. 그때 옆자리였던 남편의 어린 사촌 동생과 그 엄마의 실랑이가 눈길을 끌었다. 엄마는 아이에게 빵을 권했고 아이는 지금은 먹고 싶지 않다며 거절했다. 아이에게 음식을 권하는 것은 결코 이상한 일이 아니다. 한국에서도 밥 먹기 싫어하는 아이에게 한 입이라도 더 먹이려고 전전긍긍하는 부모들이 많을 테니 말이다.

여기까지 들으면 이게 왜 이해 못 할 일인가 싶을 정도로 지극히 평범한 이야기지만 이 사건은 오랫동안 내 머릿속의 의문으로 남게 되었다. 왜냐하면 아이의 거절에도 불구하고 엄마의 권유가 끈질기게 계속되었기 때문이다. 그것도 끝내 아이가 잔뜩 찡그린 얼굴로 화를 내고 짜증을 부리며 원치 않던 빵을 집어 들어 한 입 먹을 때까지! 바로 옆에서 모든 상황을 지켜본 나는 왜 그렇게까지 권하는지 백 보, 천 보 양보해도 도통 이해되지 않았다. 아이가 거절했을 때 접시 위에 놓아둘 테니 혹시 생각이 바뀌면 먹으라고 했다면 어땠을까, 아이의 의사를 존중하고 선택권을 주었다면 좋지 않았을까 하는 생각을 쉽게 떨칠 수 없는 건 내게 아직 아이가 없기 때문이었을지도 모른다. 그러나 조금 유별나게 느낀 이 사건을 직접 겪게 되면서 고구마 백 개를 한꺼번에 먹은 것 같은 답답함을 느끼게 된다. '왜?'라는 가벼운 의문은 '도대체 왜!!!'라는 울분이 섞인 느낌표로 변하게 되었고 어느 날 잔뜩 찡그린 표정으로 씩씩대던 남편의 어린 사촌 동생과 같은 표정을 짓고 있는 자신을 발견하게 된다.

평소 위가 좋지 못한 나는 1년에 한 번은 위내시경을 받았고 위장약을 입에 달고 살았는데 한국에서의 마지막 내시경 후 들었던 의사 선생님의 말씀이 아직도 잊히지 않는다.

"위가 남들보다 움직임이 없어 소화 능력이 정말 떨어져요. 게다가 불규칙한 식습관 때문에 바닥이 안 보일 정도로 위가 늘어나 있어요. 앞으로 철저한 관리가 필요합니다. 과식은 금물이고, 같은 시간에 식사하는 습관을 들이세요. 그걸 반드시 지키세요."

이때 작은 종이도 함께 받았는데 술, 커피, 홍차, 건어물, 차가운 음식 등등 피해야 할 음식이 적혀 있었다. 마치 사형 선고라도 받은 죄수의 절망감이 가득한 표정으로 손바닥보다 작은 종이가 뚫어져라 쳐다보다 고개를 들어 물었다.

"… 정말 여름에 아이스크림도, 빙수도 먹으면 안 되나요?"
"그것뿐만 아니라 본인은 무더운 한 여름에도 찬물 말

고 미지근한 물을 마셔야 해요."

 우르르 쾅쾅! 의사 선생님의 단호한 한 마디에 마음엔 천둥·번개를 동반한 폭풍우가 휘몰아치는 것 같았다. 덕분에 정신을 번쩍 차렸더라면 좋았겠지만, 그 작은 종이에 적힌 음식들을 가까이하며 지냈다. 그러니 내 위는 지금도 항상 붉은 경고등이 켜져 있는 셈이다. 툭하면 예민한 위가 먼저 반응하는 나와는 다르게 살면서 단 한 번도 위가 아파본 적이 없는 남편과 살게 되었다. 머리부터 발끝까지 모든 것이 다른 사람과 낯선 땅에서 살다 보니 나는 곱절로 예민해졌고 당연히 내 위도 나날이 민감해져 갔다.

 남편 가족들은 기본적으로 다들 덩치가 크다. 남편은 내가 먹는 모습이 자신에 비해 새 모이 먹듯 너무 적다고 생각했는지 끊임없이 음식을 권했다. 배가 불러 거절하고 위가 아파 사양해도 식전 빵을 끈질기게 권유당했던 아이처럼 내게도 같은 일이 일어났다. 할 수 있는 모든 방법을 총동원하여 남편에게 설명해 보았지만, 이런 노력은 매번 힘없이 수포가 되었고 결국 위는 탈이 나고 말았다. 한국처럼 당장 병원에 가서 내시경을 받을 수도 없기에 건강을 위해서라도 끈질긴 식사 권유와 싸워 이기리라 다짐하며 두 주먹을 불끈 쥐었다. 과연 그 결과는 어떻게 되었을까. 인고의 시간을 들여 싸운 끝에 승리했다고 말하고 싶지만, 현실은 이러하다. 이긴 것도 진 것도 아닌 대치 상황이 지금도 벌어진다는 것. 남편은 여전히 먹을 걸 권하고 나는 거절하며 살아가는 중이다. 아, 이 끝나지 않을 전투여.

두 번째로 이해할 수 없는 것은 자리에 없는 가족의 몫을 챙기지 않는 것이었다. 나에겐 탐스럽고 맛있는 딸기를 샀을 때 늦게 퇴근할 언니 몫을 미리 빼두는 것이 자연스러운 일이었다. 그것이 바로 정(情)이자 무뚝뚝한 내가 표현할 수 있는 사랑이었다. 큰 딸기를 다 집어 먹고 보잘것없는 잔챙이들이 남으면 주는 것이 아니라 항상 크고 먹음직스러운 딸기를 골라 남겨 두었다. 콩 한 쪽도 나눠 먹어야 한다는 말을 듣고 자란 나에겐 너무나 당연한 이러한 행동을 생각지도 못하는 남편을 기함하며 빤히 쳐다보기도 했다. 하지만 나의 눈빛 공격에도 그의 태도는 바뀌지 않았다. 남편뿐만 아니라 그의 가족들 또한 같은 행동하는 것을 보고 서로 너무 정 없는 가족이란 생각이 들었다. 결론이 이렇게 나자, 언제부턴가 권하는 음식을 나중에 먹겠다고 말해서 '나중은 없어'라는 말이 돌아오면 그럼 안 먹어도 된다고 대답하기 시작했다. 이렇게 나만의 오해를 차곡차곡 쌓아 태산을 이뤄가던 어느 날, 이탈리아 생활 6년 만에 오랜만에 놀러 온 시누에 의해 의문이 풀렸다.

"음, 그건 이탈리아인의 특징이에요. 저도 남자친구의 부모님과 첫 식사 자리에서 싫어하는 음식을 연거푸 권유받았죠. 안 먹으니, 맛이 없냐고 계속 물어봐서 곤란했어요. 이제는 제가 생선 요리를 싫어하는 걸 아시기에 준

비하지 않으시죠. 어쨌거나 음식 권유는 차츰 익숙해질
거예요."

그녀의 대답에 앞으로도 이 창과 방패 같은 권유와 거
절의 싸움은 끝나지 않을 것임을 짐작할 수 있었다. 동시
에 자라면서 먹을 때까지 권유하는 부모님께 짜증을 냈
던 아이가 엄마가 되면 그 부모처럼 행동하기에 음식을
권하는 문화는 대대손손 이어져 오고 있는 것인가 하는
또 다른 의문이 마음 한구석에 싹텄다. 이날따라 질문이
폭발한 나는 그간 홀로 키워온 의문들을 다 파헤쳐 보겠
다는 자세로 질문을 이어 나갔다.

"한국에는 콩 한 쪽도 나눠 먹으란 말이 있어요. 그러니
그 자리에 없는 사람 몫도 미리 남겨 두는 것이 보통이
죠. 그런데 여기선 나중에 먹겠다고 말하면 늘 나중엔 없
다는 말이 돌아와요."

단어는 물론이고 문법까지 엉망이었지만 이해할 수 없
는 내 심정을 표정에 꾹꾹 담아 전달했다. 그리고 그녀의
대답을 듣는 순간, 욕조에 물이 넘치는 것을 보고 순금을
판별할 수 있는 답을 알아낸 아르키메데스가 된 것 같았
다. 깨달음을 얻어 속으로 기쁨의 유레카를 외치게 되었
기 때문이었다.

"이탈리아엔 그런 속담이 없어요. 대신 먼저 먹는 놈이

임자라고 말하죠. 그러니 나중은 없는 거예요."

이 대답을 듣는 순간, 먹을 때까지 권하는 이유와 정 없이 느껴졌던 남편의 모든 행동을 단숨에 이해할 수 있었다. 그런 비슷한 말 자체가 없다는 생각을 조금도 하지 못했던 나는 망치로 뒤통수를 맞은 기분이 들었다. 동시에 가슴을 답답하게 만들던 무언가가 쑥하고 내려간 듯 속이 뻥 뚫리는 기분도 느꼈다. 한국 문화가 너무 익숙하고 당연했기에 남편이 이상하다고만 여겼었는데 알고 보니 본인 기준에서 너무나 정상적인 행동을 한 것이었다.

사람은 누구나 자기 경험을 바탕으로 만들어진 기준에서 생각한다. 너무나 자연스러운 일이지만 본인에게 당연한 일이 타인의 입장에서 당연하지 않을 수 있다. 이 사실을 아는 것과 모르는 것은 내 의지와는 상관없이 오해의 싹을 키울 수 있다. 설령 안다고 할지라도 나의 잣대를 상대에게 들이대지 않는 일이란 절대 쉽지 않다. 이 때문에 지혜로운 어른들은 다른 분야에 일하는 사람들과 만나 대화를 나누고 항상 세상에 관심을 두라고 말하나 보다. 익숙한 세상에서만 살면 유연한 생각을 할 수 없다. 즉, 나와 다른 타인의 생각을 받아들일 수 있는 그릇이 커질 수가 없는 것이다.

오늘도 옳다고 믿어온 나만의 세상에 쩍하고 금이 가는 일을 경험할지도 모른다. 그 경험을 타인을 평가하는 기준으로 삼지 말고 고정된 생각의 틀을 벗어날 기회로 삼자고 다짐해 본다.

6

예쁜 줄 착각할 뻔했어

 한국에 떠도는 이탈리아에 대한 몇 가지 소문 중 이런 말이 있다. 이탈리아에 가서 예쁘다는 말은 단 한 번도 못 듣는다면 정말 못생긴 사람이라는 말이다. 그만큼 이탈리아 남자들은 여자들에게 아름답거나 예쁘다는 말을 자주 한다. 짧은 기간 동안 유럽 여행을 다녀온 관광객의 입장에선 그들의 입에 발린 말들이 물건을 팔기 위한 기분 좋은 상술처럼 느껴졌을 수도 있다. 한국에선 연인끼리도 표현을 아끼는 사람들이 많지만, 이탈리아에서는 연인뿐만 아니라 동네 가게 사장님도 예쁘다는 말을 거리낌 없이 한다. 후하다 못해 과하다는 느낌까지 들게 할 정도로 말이다. 그래서 이탈리아에 살기 시작한 초반엔 내 마음을 설레게 했던 그들의 '예쁘다'는 말을 이제는 한국의 '밥 먹었어?' 정도의 인사라고 생각하게 되었다.
 옆집 할머니의 부탁으로 그녀의 강아지, 풍고를 산책시키게 되었다. 하루 두 번, 개와 함께 검은 머리 동양인이 작은 시골 동네를 활보하게 된 것이다. 풍고와의 산책길엔 전자제품을 파는 작은 가게 앞을 항상 지나간다. 한국에선 동네의 각종 가게가 대형 매장이나 인터넷 구매가 늘어남에 따라 일찌감치 자취를 감춰버렸지만, 이탈리아 동네 곳곳엔 아직도 사람 냄새 나는 풍경을 고스란히 간직하고 있는 곳이 많다. 옛 추억을 떠올리며 지나가는 전자제품 가게에는 샛노란 개나리색의 긴 가운을 입고 따사로운 봄 햇살처럼 방긋 웃는 얼굴로 손님을 맞이하는 노년의 사장님이 계신다. 가게 앞에 놓인 녹색 벤치에 앉아 손님들과 이야기를 나누거나 햇볕을 쬐곤 하는 그의 모습을 산책길에 멀리서 보곤 했다. 어김없이 개 산책을 하고 있던 어느 날, 노란 가운을 입은 사장님이 나를 불러세웠다.

이탈리아어가 서툰 탓에 한껏 긴장한 얼굴로 그를 향해 고개를 돌렸다. 제발 그가 하는 말을 알아들을 수 있기를 간절히 바라며. 사장님은 개에 대한 이야기로 시작하여 자연스럽게 내 이름을 물었고 매일 개와 산책하는 것을 보았다고 했다. 그리고 수십 번 들었던 질문인 중국인이냐는 말에 한국인이라고 답했고 남한과 북한 중 어디에서 왔느냐는 것과 같은 익숙한 질문들이 이어졌다. 묻는 말에 로봇처럼 짧은 단어만 내뱉던 나는 용기 내어 사장님의 성함을 물어보았다. 그의 이름은 파비오(Favio). F와 P 발음 차이를 구분할 수 없어 알파벳을 정확히 확인했고 이름을 잊지 않기 위해 속으로 읊조렸다.

'Favio, Favio.'

부족한 어학 실력 탓에 자꾸 끊어지는 대화를 꾸역꾸역 이어 나갔지만 어렵게 이어지던 대화도 결국 끝이 나자, 어색함만 감돌기 시작했다. 무슨 말을 뱉고 발길을 돌려야 할지 몰랐던 내가 우물쭈물하는 사이, 파비오 사장님은 외모에 대해 칭찬하기 시작했다.

"Sei bella, bellissima."

한국어로 번역하자면 "넌 예뻐, 정말 예뻐."라는 말이다. 이런 말을 한국에서 들으면 쑥스러운 듯한 표정으로 '아니에요~'라고 겸손하게 말하는 게 미덕일지도 모른다. 그러나 이번만큼은 로마법을 따르기로 하고 'Grazie. 감사합니다.' 하고 대답했다. 솔직히 고백하자면 다른 표현을 할 수 없어서 고맙다는 인사를 한 후 슬며시 자리를 떠났다. 이후, 파비오 사장님은 내가 가게 앞을 지날 때마다 반갑게 인사를 해주셨다. 외로운 타국 생활에 친절한 현지인을 만난 것이 기뻐 나 또한 반갑게 인사를 건넸다.

통성명을 주고받은 후, 마주칠 때마다 건네는 인사에는 항상 예쁘다는 표현이 함께했다. 머리카락이 부스스한 날도, 대충 아무거나 걸치고 나간 날에도 파비오 사장님의 멘트는 한결같이 똑같았다. 어떤 날은 예쁘다는 말로 시작해 예쁘다는 말로 끝나는 날도 있었다. 처음엔 쑥스러웠던 예쁘다는 말이 매일 반복되자 가게 앞을 지나는 것이 조금씩 부담스러워졌다. 개통령이라 불리는 개 훈련사 강형욱이 방송에서 '강조되고 반복되는 소리는 강아지를 불안하게 해요.'라는 말을 한 적이 있다. 나는 이 말이 인간에게도 유효할 수 있다고 생각했다.

'강조되고 반복되는 예쁘다는 말은 나를 불편하게 해요.'

파비오 사장님의 '예쁘다'는 말이 불편해진 이유에 대해 다각도로 생각해 보았다. 아마도 서로 생각하는 '예쁨'의 의미가 다르지 않나 하는 추측을 했다. 인생 선배의 시선에서 볼 때 나의 젊음이 예뻐 보였을 수도 있고 이탈리아에선 모든 아름다움을 말로 표현하는 것이 당연하기에 몇 번이고 말씀하신 것일 수도 있다. 반면, 내 마음이 불편한 이유는 스스로에 대한 자신감 문제일 수도 있고 자신을 사랑하지 못해서일 수도 있다. 그렇게 불편한 마음의 원인을 알아보려 애쓰던 중, 타인의 시선에 민감하게 반응하는 나를 더욱 자극할 만한 일이 일어났다. 옆집 할머니의 얼굴 평가에 대한 발언을 듣게 된 것이다. 한국은 친한 친구에게 살이 쪘느냐, 오늘 왜 그렇게 초췌해 보이냐 하는 말을 아무렇지 않게 하는 편이다.

한국 사람은 이것을 일종의 관심과 애정으로 여기는 경향이 있지만 미국에선 직접적인 발언을 삼간다고 들었다. 상대에게 뚱뚱하다는 말은 매우 실례며, 외모에 대한 직접적인 칭찬보다는 '스웨터가 잘 어울리네' 같은 칭찬을 한다는 것이다. 그렇기에 아름답다는 말을 밥 먹듯 내뱉는 이탈리아인들은 외모에 대해 평가질하지 않는 줄 알았다. 그런데 옆집 할머니께서 뚱뚱한 사람들을 깎아 내리는 듯한 말씀을 하시는 것을 듣고 얼굴 평가를 하지 않을 것이란 생각은 백 퍼센트 혼자만의 착각이란 걸 깨달았다. 할머니는 은근히 내 외모에 대해 지적하시기도 했다. 선크림만 바른 맨얼굴로 다니는 내게 화장하면 예쁠 텐데 왜 안 하는지 묻거나 왜 하이힐을 신지 않느냐고 묻곤 했다. 처음엔 별다른 생각이 없었지만, 반복되는 질문을 듣다 보니 상대의 진짜 의도가 무엇일까 하는 의문의 싹이 고개를 들었다. 의문이 싹트자, 파비오 사장님과의 대화도 곰곰이 곱씹어 보게 되었다. 그 역시 몸에 대해 발언했었다는 것이 떠올랐다.

얼평 없는 나라일 것이라는 착각이 외모 평가에 대한 발언들을 걸러내고 있었나 싶을 정도로 그간 오고 간 대화의 70퍼센트 이상이 얼굴이나 몸에 대한 이야기였다는 것을 알아차렸다. 이쯤 되자 역시 두 눈이 달린 이상 사람은 다 똑같다는 생각이 들었다. 또 한편으론 '예쁨'에 대한 다른 시각을 이해할 필요도 있었다. 각 나라에서 예쁘다고 생각하는 피부색, 형태, 몸매 비율이 다를 수 있기 때문이다. 한국 사회보다 서양 사회에서는 피부색이 다양하고, 외모뿐만 아니라 각자가 가진 독특한 특징이나 개성을 강조하는 아름다움이 더욱 인정받을 수 있다고 한다.

그러니 한국에선 실 같은 작은 눈이라며 놀림당하는 사람들이 해외에선 유명 브랜드의 뮤즈로 패션쇼에 서는 게 아닐까. 외모에 대한 관심과 압력이 상대적으로 높은 한국 사회에서 자랐기 때문에 무의식중에 내가 가진 개성을 존중하기보다는 한국인이 생각하는 예쁨의 틀에 스스로 부합하지 않는다는 생각을 가지게 된 건 아닐까. 그래서 지속해서 예쁘다는 소리를 들었을 때 불편해진 것일지도 모른다. 물론 나의 부족한 어학 실력 탓에 매번 같은 대화가 오고 갈 수밖에 없었다는 것 또한 사실이다. 외모 칭찬 속에 담긴 다양한 관점을 아직 모두 이해하지

는 못하지만, 너무 들뜨거나 휘둘리지 않아야겠다는 결론
을 내렸다. 타인의 언행 때문에 자신이 외적으로 예쁘다
는 착각보다는 누가 뭐래도 자신을 사랑하고 아낄 줄 아
는 내면의 가치를 아는 사람이 되는 것이 중요할 테니까.

7

알다가도 모르겠는 알쏭달쏭 웃음 포인트

TV를 보다 보면 내가 가진 상식으로는 이해되지 않는 연출을 볼 때가 있다. 거실에서 온 가족이 TV를 보며 함께 웃을 때 나만 웃을 수 없는 상황이 펼쳐지곤 하는 것이다. 그것도 아주 자주. 남편 가족이 자주 보는 퀴즈프로그램이 있다. 저녁 식사 시간쯤에 방영되는 것으로 보아 한국으로 치면 온 가족이 함께 보는 무한 도전 같은 가족 프로그램인듯 하다. 하지만 나에겐 보면 볼수록 이해되지 않는 장면들이 많아 고개를 갸우뚱하게 만드는, 운동화에 들어간 작은 돌멩이처럼 신경을 거슬리게 하는 이상한 방송이다. 일반인이 한 명씩 무대로 나와 퀴즈에 도전한다. 남자 진행자 두 명과 방청객들 그리고 깜짝 퀴즈를 내기 위해 다양한 의상을 입은 사람들이 한쪽에 앉아있다. 단순한 퀴즈 프로그램이 아니라 웃음을 유발하기 위한 다양한 장치들이 있고 진행자들 또한 농담을 던지며 도전자들을 맞이한다. 여기까지만 들으면 너무 유쾌한 프로그램처럼 보인다. 그러나 퀴즈쇼가 진행되는 동안 이따금 알람이 울리며 그때마다 특별한 사람들이 나오는데 사실 내 눈엔 특이한 사람들이다. 예를 들면 란제리 쇼에서 볼 것 같은 아름다운 금발의 여성이 나와 퀴즈를 푸는 동안 남성 도전자의 어깨를 계속 쓰다듬는다. 그녀는 온몸을 덮은 의상을 입었지만 모두 레이스로 되어있기에 옷을 입었다고 말하기엔 너무 애매하다. 속이 훤히 다 보이기 때문이다. 카메라는 항상 그녀의 아찔한 하이힐 끝부터 천천히 훑으며 위로 올라간다. 탱탱한 애플 힙을 보여주려는 듯 뒷모습을 지나 환하게 미소 짓는 얼굴을 비춘다. 이 여성이 등장할 때 남성 방청객들은 모두 일어나 열정적인 환호와 박수를 보낸다. 내 눈엔 그 모습이 그저 발정 난 짐승처럼 보였다. 이 모든 연출이 의도하는 바를 도무지 이해할 수 없기에 나는 어쩔 수 없는 유교걸인가 하고 생각하며 남편에게 물었다.

"왜 꼭 저렇게 입고 나와서 쓰다듬는 걸 보여주는 거야?"

"…?"

"여자를 꼭 들러리로 세워 둔 것 같잖아. 굳이 퀴즈쇼에 필요한 장면인지 모르겠어. 얼굴이 벌겋게 달아오를 정도로 흥분하며 열광하는 남자들의 모습도 너무 바보 같아

보여."

"그 모습이 웃기잖아. 저기 사람들 좀 봐, 다들 킥킥거리고 웃고 있잖아."

자신에겐 너무 당연했던 TV 연출이었기에 나처럼 생각해 본 적이 없는 듯한 남편은 의아한 표정을 지어 보였다. 그의 표정만큼이나 나 또한 도저히 웃음 포인트를 알수 없어 맹한 표정이다. 반대로 여성 도전자가 나올 땐 남자가 나와 스킨십을 한다. 이 남자가 등장하면 환호했던 남성 방청객들처럼 이번엔 여성 방청객들이 그에게 볼 뽀뽀를 하기 위해 우르르 달려 나온다. 진행자는 질린다는 듯한 표정으로 들어가라고 소리치고 사람들은 그 모습을 보며 웃음을 터뜨린다. 그런데 입은 것인지 벗은 것인지 헷갈리는 금발의 여성에 비해 남성은 셔츠의 앞 단추는 명치보다 더 아래까지 풀었지만, 온몸이 다 보이는 옷을 입지는 않았다. 카메라도 그를 아래에서 위로 훑지 않는다. 무엇보다 내 기준에선 달려가 안기고 싶을 만큼 잘 생기지도 않았으며 심지어 젊지도 않다. 미국의 유명한 토크쇼인 엘렌 쇼에서 무대 2층에 삼각 수영복만 입은 사내들이 백만 불짜리 미소를 지으며 요염하게 서 있는 모습을 본 적이 있다. 백번 양보해서 그 정도까지는 아니더라도 운동 잡지에 나올 것 같은 나오는 근육질의 사내가 나와야 하는 것이 아닌가? 누가 봐도 눈길이 가는 멋진 남성이 웃통을 벗고 찡긋하고 건치 미소를 보여주는 정도는 돼야 공평하다는 생각을 떨칠 수가 없었다.

속사포같은 나의 열변에 남편이 답하길 여성의 아름다움을 있는 그대로 보여주고 그것에 점잔 떨지 않고 솔직하게 반응하는 것일 뿐이라고 말했다. 오히려 앞에선 아닌 척하고 뒤에선 이상한 상상을 하는 것이 나쁘다는 그는 되려 한국 방송에서 짧은 치마를 입은 여성 출연자가 무릎 담요를 덮은 모습을 이해할 수 없다고 말했다. 남편에게 열심히 설명했지만, 예쁜 옷을 입고 나와 왜 굳이 가리냐는 말을 남기며 그는 끝내 공감하지 못했다. 그의 의문에 잠시 생각에 잠겼다. 그와 내 생각이 정말 다르다고 느꼈기 때문이다. 확실히 한국에 비하면 이탈리아 사람들은 일상에서 성적인 농담을 아무렇지 않게 주고받는 편이다.

개구리 축제 때 처음 만나 함께 일했던 어르신이 소시지를 가지고 나에게 성적인 농담을 던졌을 정도니까. 아무리 문화 차이를 고려한다고 해도 나에겐 앞서 말한 방송이 여성의 미(美)를 보여준다기보단 성(性)을 상품화하고 있다는 생각이 먼저 든다. 방송에서 보여주는 연출에 의해 사람들은 은연중에 여성의 아름다움이 빵빵한 가슴과 엉덩이 그리고 잘록한 허리라고 인식하게 될지도 모른다. 이건 마치 한국 여자 아이돌 몸무게가 표준이며 그것이 정상이라고 착각하게 만드는 것과 일맥상통한다. 그 결과, TV 속 아이돌을 보며 자란 청소년들은 무리한 다이어트를 하거나 무조건 마른 것이 아름다운 것이라는 생각을 하곤 한다. 마찬가지로 이탈리아 청소년들도 TV를 통해 왜곡된 아름다움의 정의를 내릴지도 모른다.

아름다운 여성에게 미친 듯이 열광하는 남성의 모습이 솔직한 건지는 나는 아직도 잘 모르겠다. 솔직함이라는 이름으로 표현의 자유를 얻은 결과가 여성을 향해 휘파람을 부는 캣콜링인걸까? 여름이 되면 바지인지 팬티인지 알 수 없을 정도로 엉덩이가 다 보이는 옷을 입은 여성들을 보곤 하는데 남자들이 그 모습을 보고 무슨 생각을 할지 남자가 아닌 나는 결코 알 수 없다. 어쩌면 내가 이탈리아에 사는 동안, 이 질문에 대한 답을 내릴 수 없을지도 모른다. 아, 정말 좀 가까워졌나 싶다가도 금방 넘을 수 없는 벽을 느끼게 되는 이탈리아. 아무래도 어느 날 갑자기 기억 상실에 걸리지 않는 이상 완벽한 적응은 어려울 것 같다. 내가 자라는 동안 듣고 배운 것들을 지울 수는 없으니 말이다. 자, 다음엔 어떤 벽을 만나게 될까? 그리고 과연 난 그 벽을 깨부술 수 있을까?

8

으랏차차, 이불킥

말이 통하는 대한민국에 살아도 자다가도 벌떡 일어날 만큼 억울한 일을 겪기 마련이다. 그러나 외국에 살다 보면 말이 서툴러서 억울한 일을 겪을 확률이 더욱 높아진다. 그에 따라 매시간 오르락내리락하는 주식 시장처럼 감정도 요동을 친다. 이탈리아에 살면서 한 5초 멍하다 '뭐지?' 싶은 경험을 많이 했다. 아니, 매일 새로운 경험이 쌓이고 있다. 그러니 불쌍한 이불은 밤마다 주인의 분을 삭여줄 만만한 샌드백이 되고 나는 화려한 이불킥 선수가 된다.

지금은 어눌한 말투로 짧은 의사소통이 가능해졌지만, 이탈리아 땅에 갓 새겨진 내 발자국이 마르지도 않았을

땐 정말 하나도 몰랐다. 겉모습부터 너무나 다른 사람들 틈바구니에서 그들의 호기심 또는 경계의 시선을 받아들이는 것만으로도 버거운 나날을 보냈다. 그러던 어느 날, 남편과 마을 축제에 참여하게 됐다. 축젯날이면 동네 곳곳에 천막이 쳐지고 파스타와 오븐에 구운 고기들을 판매하는데 그중 한 곳을 도와주게 됐다. 나는 빵 위에 삼겹살을 염장하고 향신료로 풍미를 더한 후 바람에 말려 숙성시킨 이탈리아식 염장육인 판체타(pancetta)를 얇게 썰어 오븐에 구워내는 일을 맡았다. 주문을 받은 사람들이 주방에 목청껏 메뉴를 외치면 우리는 각자 담당한 음식을 내어주었다.

 다른 말을 못 알아듣는 나는 크로스티니(crostini)라 불리던 요리 이름을 놓치지 않기 위해 귀를 쫑긋 세우고 바짝 긴장한 채로 일했다. 저녁을 늦게 먹는 이탈리아 사람들답게 해가 저물고 어둠이 더욱 짙게 깔릴수록 주문이 물밀듯이 쏟아져 들어왔다. 고기와 함께 내놓는 빵이 금세 바닥을 보였지만 모두 자신이 맡은 역할에 집중하느라 바빴다. 다른 요리에 비해 비교적 손이 덜 가는 음식을 맡았던 나는 눈치껏 슬그머니 도마와 칼을 가져와 빵을 잘랐다. 다시 쌓일 틈도 없이 자르는 족족 손님상에 나가는 빵, 더욱 분주히 칼질하느라 정신없어하는 내 눈앞에 갑자기 두 손이 나타나더니 그대로 사용 중이던 도마를 낚아챘다. 손이 사라진 방향으로 고개를 돌리자 함께 일하던 60대 할머니가 보였다. 그녀는 소금과 후추를 섞어 놓은 듯한 짧은 잿빛 머리카락을 하고 사감 선생님이 쓸 것 같은 눈꼬리가 한껏 올라간 안경을 끼고 있었다. 얼빠진 표정으로 멍하니 자신을 바라보는 내게 '이 도마는 내가 써야 하니까 네가 다른 걸 찾아 써.'라는 말만 남긴 채 자리를 떠났다. 너무 당황한 나머지 실시간 정지화면이 되어 버린 나는 무슨 일이 일어난 것인지 이해하려 애썼다. 순식간에 일어난 일이라 무어라 대꾸조차 하지 못했다. 할 수 있었다고 한들 이탈리아어를 몰랐고 금붕어처럼 입맛 뻥긋거렸다. 그저 한국에서 연세가 지긋한 어르신들이 당신 지나가겠다고 젊은이들을 팽팽 밀치고 지나가는 것 같은 불쾌한 일이 나에게, 이곳 이탈리아에서 일어났다는 것만은 확실히 알 수 있었다.

한국에선 그저 조금 운수 나쁜 날로 기억될 경험을 외국에서 겪으면 마음이 복잡해지기 쉽다. 왜냐하면 '방금 인종차별 당한 건가? 동양인이라서 무시하는 건가?' 하는 생각이 함께 고개를 들기 때문이다. 별것 아닌 일이 순식간에 눈덩이처럼 커져 내 마음을 짓누르는 것이다. 하소연하듯 남편에게 이야기해 보지만 그저 실없는 농담을 들은 사람처럼 피식하고 웃으며 그냥 무시하라는 말만 할 뿐이었다.

언어를 못 해서 무시당하거나 경멸의 눈빛을 받은 경험들이 쌓일수록 '나는 왜 아직도 이탈리아어를 이것밖에 못 할까, 왜 그동안 열심히 공부하지 않았을까.' 하는 자책도 마음 한구석에 켜켜이 쌓여간다. 매일 밤 후회 속에서 이불킥 하지 않으려면 언어 공부를 열심히 해야 하는 걸 알기에 스스로 제대로 하라며 채찍질한다. 동시에 익

185

숙하지 않은 이탈리아어 때문에 힘들어하는 내 마음을 다정하게 다독일 수 있는 사람도 오직 나뿐이다. 그렇기에 두 마음 사이에서 항상 우왕좌왕하게 된다.

예전에 한창 개그 콘서트가 인기 있었을 때, 한국에서 일하는 외국인 노동자를 흉내 낸 코너가 있었다. 외국인 노동자 블랑카 역을 맛깔나게 소화해 낸 개그맨 정철규가 외치던 그 한마디 '사장님 나빠요.'. 그때 그 시절엔 그저 웃기게 들렸던 이 짧은 문장에 담긴 진짜 의미를 이탈리아에 사는 검은 머리 동양인이 되어서야 이해하게 되었다. 이 여섯 글자엔 임금을 제때 받지 못한 분노, 일터에서 손가락이 잘려 나가는 고통, 글을 모르고 한국어를 못해서 무시당했던 설움이 모두 담겨있다. 언젠가 나의 정체성에 '외국인 노동자'라는 수식어를 붙이게 되는 날, 많은 것을 꾹꾹 눌러 담은 '사장님 나빠요.'가 아니라 육하원칙 아래 이탈리아어를 제대로 구사할 줄 아는 한국인이 되길 꿈꾼다. 그날까지 밤마다 남몰래 이불킥은 앞으로도 계속될 것 같지만 그래도 파이팅 해야지!

9

배꼽시계가 울리는 시간

"배고파, 저녁 먹자."
"지금 6시밖에 안 됐는데?"
"응, 그러니까 먹어야지."
"어?!"

저녁을 먹자는 나와 시간을 보고 놀라는 남편, 결혼한지 6년 차가 된 지금도 남편과 이런 대화가 오간다. 1년 365일 × 6년 = 2,190일을 함께 했음에도 불구하고 6시쯤 저녁 식사를 하자는 말에 매번 놀란 반응을 보이는 남편처럼 나는 아직도 이탈리아의 늦은 저녁 식사 시간에 적응하지 못했다.

개인적인 일정이나 생활 패턴에 따라 다르겠지만 한국인의 평균 저녁 식사 시간은 오후 6시에서 8시지만 이탈리아는 오후 8시에서 밤 10시다. 얼마 전 만난 남편의 친구에게 들은 바에 의하면 이탈리아의 남부지역은 대부분 밤 10시에 저녁 식사를 한다고 했다. 실제로 평소 나의 저녁 식사 시간은 6시에서 늦어도 7시지만 남편은 8시가 넘어야 저녁을 먹으며 해가 길어지는 여름엔 밤 10시쯤 되어야 식사를 한다.

적정 체중과 건강을 지키려면 '아침은 왕처럼, 저녁은

거지처럼 먹어라.'는 말이 있지만 이탈리아인들은 이와 정반대의 식사를 즐긴다. 아침은 커피 한 잔에 빵이나 비스킷을 곁들인 가벼운 식사를 하고 저녁은 프리모 피아토(Primo Piatto)인 파스타, 리조또와 같은 탄수화물 위주의 음식을 먹고 세컨도 피아토(Secondo Piatto)로는 고기 또는 생선 요리를 즐긴다. 식당에 가면 남편은 치즈와 얇게 썬 살라메 그리고 프로슈토가 가득한 에피타이저를 주문하기도 하는데 나는 이것만으로 배가 불러서 본식을 못 즐기게 되는 경우가 허다하다.

이탈리아에는 가벼운 아침 식사 때문인지 스푼티노(spuntino)라 불리는 간식 시간이 오전 10시쯤 따로 있다. 한국에서 든든한 아침 식사를 하면 12시나 되어야 울리던 내 배꼽시계도 음식이 달라지자 늘 오전 10시쯤 격한 허기를 호소한다. 그 때문에 애매한 시간에 자꾸 뭔가를 먹게 된다. 그래서인지 이탈리아에 오고 난 후로 배꼽시계가 정상적으로 작동하지 않는 날이 많다. 간식 때문인지 이탈리아 사람들의 점심 식사는 오후 2시 정도로 늦어지고 다시 저녁 식사 전, 아페리티보(aperitivo) 즉, 간단한 요깃거리와 함께 식전주를 마시면 저녁 식사 또한 더욱 늦어질 수밖에 없다.

이탈리아에서 살기 시작한 초반엔 어쩔 수 없이 남편의 식사 시간에 맞춰 함께 먹었다. 내가 자야 할 시간에 시작하는 저녁 식사는 양 또한 만만치 않아 내 위장은 밤새 일을 해야 했다. 결국 눈은 감고 있어도 위는 쉬지 못해서인지 늘 피곤한 아침을 맞이해야 했다. 내겐 늦은 저녁 식사 시간만큼 버거운 것이 소금양이었다. 위가 좋지 않아 평소에 매우 싱겁게 먹는 편이었다. 남들이 먹었을 때 조금 싱거운 정도가 아니라 내 입에도 정말 싱겁게 느껴질 정도로 밍밍하게 먹었다. 이런 내게 이탈리아 음식은 소태에 가까워 소금을 한 숟갈 퍼먹는 듯했다. 늦은 저녁과 짜디짠 음식은 온몸을 퉁퉁 붓게 만드는 원인이 되었고 매일 아침 '오늘은 얼마나 부었나'를 가늠하기 위해 손가락을 접었다 폈다 해보는 것이 일상이 되었다. 그러던 어느 날, 자신은 돌보지 않고 묵묵히 늦은 시간 짠 음식을 제공하던 주인에게 화가 날 대로 난 위가 견디지 못하고 울분을 토하기 시작했다. 덕분에 밤새 위를 붙잡고 뒹굴뒹굴했고 끝내 나는 항복을 선언했다. 그렇게 살기 위해 이탈리아 남편과의 저녁 식사 시간 쟁탈전이 벌어졌다.

처음엔 설득과 회유법을 사용했다. 남들보다 움직임이 적은 위의 상태와 그에 따른 통증, 낮은 소화력에 대해 말해주었다. 규칙적인 식사 시간과 먹지 말아야 할 음식을 알려주며 관리하지 않으면 정말 큰 일 날 것이라던 의사 선생님의 무시무시한 경고 같은 조언도 잊지 않고 전했다. 그러나 평생 늦은 시간에 저녁 식사를 함에도 위장 장애는 물론 소화 불량도 겪어본 적이 없는 남편에게 이 방법이 통할 리 없었다. 늦은 저녁 식사 후 진한 에스프레소로 마무리하고 잘만 잠드는 이 남자에게 나의 설명은 도통 공감할 수 없는 외계어에 불과했다. 전략을 바꾸어 이해하지 못하는 남편에게 서운함을 내비치며 화를 내보기도 하고 불쌍한 척도 해보았지만 모두 무용지물이었다. '소귀에 경 읽기가 이런 걸까?' 하는 생각과 함께 식사 시간 쟁탈전이라고 생각했던 이 전쟁이 알고 보니 그냥 방음이 완벽한 방탄유리 벽 너머에 멀뚱멀뚱 서 있는 남편에게 총을 쏜 것도 아닌 나 홀로 악다구니를 쓰고 있었다는 것을 깨닫는 데까지는 3년이라는 시간이 걸렸다. 남편 입장에선 찰리 채플린의 모던 타임스 같은 무성영화를 본 기분이 아니었을까 싶다. 감독인 나의 의도를 전혀 파악하지 못한 채로 영화는 끝나버렸다는 것이 문제라면 문제였겠지만 말이다.

불행 중 다행히도 시간이 그냥 흘러간 것은 아니었다. 끝내 남편은 위가 아픈 것이 어떤 것인지에 대한 고통은 이해하지 못했지만, 배를 움켜쥐고 뒹굴뒹굴하며 힘들어하거나 온몸에 힘이 빠져 좀비처럼 지내는 아내의 모습을 보았다. 덕분에 늦은 시간 저녁을 먹으면 위가 아파서 힘들다는 말이 농담이 아니라는 것 정도는 이해했다.

그런데도 남편의 기준에서 내가 먹는 식사량이 성에 차지 않는 듯했지만 적어도 6시쯤 저녁을 먼저 먹는 것을 조금씩 받아들이기 시작했다. 이렇게 우리는 따로 식사한다. 내 기준에서 보면 너무 늦은 식사 시간과 양 때문에 남편의 건강이 걱정되었으나 내가 늦은 시간 식사를 할 수 없듯이 남편의 평생 습관을 고치기란 불가능하다는 것을 인정하기로 했다. 함께 밥을 먹으며 나눌 수 있는 소소한 행복이 줄어들었다고 생각하니 아쉬운 마음이 드는 것은 어쩔 수가 없지만 각자의 라이프 스타일을 존중

함으로써 오는 평화를 더 중요시하기로 했다. 이런 생각과는 반대로 나의 저녁 시간마다 남편에게 함께 먹겠냐고 물어보는 걸 보면 아직 완전히 포기하지는 못한 걸지도 모르지만 말이다.

10

영양 부족을 걱정하는 남자, 단백질 과다를 걱정하는 여자

일본 만화 〈짱구는 못말려〉를 보면 주인공 짱구가 먹기 싫은 피망을 골라내는 장면이 나오곤 한다. 피망을 먹이려는 엄마의 잔소리 공격을 피해 도망가는 짱구의 모습을 보면서 누구나 어릴 적 싫어하던 채소를 하나쯤은 떠올리게 된다. 지금은 일부러 사다가 요리할 정도로 사랑하는 가지를 어렸을 적엔 정말 싫어했다. 맛은 둘째치고, 가지무침의 흐물흐물한 식감이 싫었다. 이처럼 입맛은 변하기 마련인데 세월이 흘러도 변하지 않는 것이 있다. 그것은 아직도 고기보다 채소가 좋다는 것. 가방 속에서 달콤한 초콜릿이 아닌 할머니처럼 말랑한 곶감을 꺼내곤 하던 나는 어릴 때부터 쌈밥을 먹으러 가는 것이 좋았다. 각종 채소 쌈에 강된장 그리고 조림 생선을 올려 야무지게 싼 쌈을 입안 가득 욱여넣으면 씹을 때마다 느껴지는 다채로운 식감을 사랑했다. 쌈밥은 내 마음속 넘버 원 음식이었다.

부모의 식성에 따라 자연스럽게 아이의 식성이 만들어지는 것은 어쩔 수가 없다. 집에서 자주 먹는 음식에 익숙해지고 그것이 좋아하는 음식이 되는 경우가 많기 때문이다. 내 식성은 엄마를 쏙 빼닮았지만 그렇다고 우리집 식탁에 고기반찬이 없었던 것은 아니었다. 나와는 반대로 채소보다 고기를 사랑하는 오빠가 있었기에 엄마는 본인은 먹지도 않을 음식을 뚝딱뚝딱 맛나게도 만들어 식탁에 올렸다. 오빠는 고기반찬만 있으면 밥 한 그릇은 뚝딱 해치웠지만 나는 밥상 중앙에 떡하니 자리를 차지하고 먹음직스럽게 깨소금 장식으로 매력을 뽐내는 고기반찬을 보고도 별 감흥이 없던 아이였다. 대신 말린 가자미를 쪄 고추장에 푹 찍어 먹거나 간장물이 곱게 밴 무우가 가득한 고등어조림이 중앙에 놓이는 날이면 흰 쌀밥 두 그릇은 뚝딱 해치우곤 했다.

이탈리아에 살게 되면서 한국에 비해 채소 요리가 다양하지 않은 편이라는 것을 깨닫는 데는 그리 오랜 시간이 필요치 않았다. 한국에선 밥상에 각종 나물과 쌈 채소, 새콤달콤하게 무친 겉절이 또는 김치나 절임과 같이 장기간 보관할 수 있는 반찬이 올라오며, 기름진 고기를 먹을 때도 쌈을 싸 먹거나 입안을 말끔하게 씻겨줄 절임을 곁들이곤 한다. 반면 이탈리아에선 주로 샐러드를 먹거나 기름에 튀기거나 오븐에 구운 감자를 함께 먹는다. 시금치 같은 채소도 식감이 남아 있지 않을 정도로 푹 익혀 요리한 뒤 올리브 오일을 뿌려 먹는다. 남편은 참기름 맛을 유독 강하게 느낀다. 나에겐 올리브유가 그러하다. 한 방울만 들어가도 금방 알아챌 정도다. 그러니 올리브유를 듬뿍 뿌린 샐러드가 맛있게 느껴질 리 없으므로 먹기가 쉽지 않았다.

밀가루 음식을 꽤 좋아한다고 생각했지만 삼시 세끼 밀가루 음식을 먹는 날이 이어지자 바로 질려버렸다. 정말 간절하지 않은 이상 제 입으로 고기를 먹고 싶다고 말하지 않는 내게 365일 고기반찬이 놓인 식사 시간은 점점 고역으로 느껴졌다. 이탈리아에 산 6년이란 시간 동안 평생 한국에서 먹은 고기양의 두 배는 먹은 것 같은 기분이 들었다. 결국 질릴 대로 질려버려 먹는 즐거움을 잃고 말았다. 그렇다 보니 먹이려는 남편과 먹지 않으려는 나의 보이지 않는 실랑이는 숨 쉬는 것처럼 자연스럽게, 매 순간 일어났다. 거절이 반복되자 졸지에 서른이 넘은 나이에 편식쟁이가 되어 있었지만 어쩔 수 없는 일이었다.

최근 들어 이탈리아 슈퍼에도 한국처럼 단백질이 첨가된 요거트나 초콜릿, 에너지 바와 같은 제품이 넘쳐나기 시작했다. 남편도 꽤 자주 단백질 요거트를 구매한다. 그러나 단백질 첨가 제품을 볼 때마다 '굳이?'라는 생각을 떨칠 수가 없다. 이탈리아는 전통적으로 고기와 육류가 풍부한 요리 문화 덕분에 단백질을 충분히 섭취하고 있다. (실은 충분을 넘어 육류 과다 섭취라고 생각한다) 그러니 보디빌더가 되겠다는 목표를 세우지 않는 이상 단백질 첨가 제품까지 섭취할 필요가 없지 않을까.

어릴 적부터 채소광이었던 나는 편식한다는 소리를 들으며 자라진 않았지만, 이탈리아에 살아보니 한국 엄마들에게 아이들이 채소 편식을 하는 것 같아 걱정할 필요가 전혀 없다고 말해주고 싶다. 2015년 OECD 보건 보고서에 따르면 한국의 채소 섭취율이 전 세계 1위였고, 평균 100%가 매일 섭취한다고 기록되어 있다. 물론 개인차가 있겠으나 한식 자체가 채소 중심의 식단이기에 다른 나라 아이들에 비하면 매우 많은 양의 채소를 먹고 있으므로 안심해도 좋을 듯하다. 다양한 채소 중에 피망 하나 먹지 않는다고 아이와 실랑이하지 말고 좋아하는 채소를 다양한 방법으로 먹을 수 있다는 것을 알려주는 것이 좋겠다. 그런 의미에서 나도 남편에게 다양한 채소 요리를 만들어 채소도 고기만큼이나 맛있다는 것을 알려줄 방법을 궁리해 봐야겠다.

오늘도 옳다고 믿어온 나만의 세상에 쩍하고 금이 가는 일을 경험할지도 모른다. 그 경험을 타인을 평가하는 기준으로 삼지 말고 고정된 생각의 틀을 벗어날 기회로 삼자고 다짐해 본다.